迴身。

妍音
短篇小說選

記錄生命與歷史的書

曾有一段時間自己也著迷鄉土類型的文體創作，記得那時有好幾位讀者來信說：「老師，你的故事很好看，但簡直是苦毒眼睛！」

當時自己的反應是，會嗎？雖然有些臺語用詞需要停頓一下去理解，去思考其中含意，但應該都能看得懂，唸得出口，不至於到達「苦毒」階段。多年後的今天，看妍音的「迴身」短篇小說集，終於體會到什麼是「苦毒眼睛」，因為有些臺語用詞化成文字後，閱讀的人腦筋不止要轉一個彎而已。

但不代表這種文體不需要或不值得去創作，也不表示文中字句是作者為了展現文字駕馭能力，故意特地心存歹念的要苦毒讀者，而是一種「記錄」。

曾在演講時說過，不管創作老手或新手，不管歷盡滄桑的老人或新入學學生，也不管是動盪或平穩的年代，每篇創作每個字都值得珍惜與保藏，一如「迴身」裡的十篇故事，包括去菲律賓當軍伕的天助，被認為只會在家喝酒無三小路用的阿爸，為了償還五元債務偷竊的阿青，以及失去半支枝仔冰的秀真，都記錄著生命，記錄著歷史，讓後人瞭解某個年代的某些人都這樣說話，經歷這樣的事，他們心裡感受的，計畫的，視為重要的事與物，和現在有多大差別。

每個月花不少錢買遊戲點數的人，可能很難理解秀真為何要為失去兩角五的枝仔冰惋惜。現代人走進商場看到琳瑯滿目的各式泡麵隨手抓幾包，可能很難理解勇伯米粉為什麼能吸引同學排隊，為的只是吸一口湯。而這些不同年代，不同的思維與行為，都在姸音筆下真實呈現與記錄。

不少文字創作者都會建構轟轟烈烈，天馬行空，曲折離奇的故事，藉此吸引更多讀者目光，甚至出版商的青睞，好一舉成為眾人皆知的名作家；而然，不止一次在各種場合對讀者與聽眾說，人生不是連續劇，不會每天都讓人活在驚濤駭浪中，周遭也不會每個人都爾虞我詐，整天想謀奪他人家產或性命，放眼所見，伸手可觸，不過是平凡平淡，就像「迴身」裡的十篇故事，沒有身懷絕技的人冷不妨射出飛鏢，也沒有外星人突然亂入，只是淡淡描述米粉怎麼做，買不起電視的年代怎麼打發時間。很淡很淡，說著平凡到想打蚊子的故事。

但是，忠實記錄，回顧省思，是這本書的價值，只要泡一杯好茶，（茉香綠也可以啦，不要那麼愛計較。）坐在有點風的窗下，翻開「迴身」，相信每個人都能隨著姸音的文字與故事，慢慢滌盪出最原始的漣漪。

批A斯：

坦白說，這本書真的很苦毒眼睛；但是，苦毒是一種學習，是一種成長，值得保留，與喝采。

寫的書都會被丟在角落的冷門作家（港都文藝學會理事長）

李文義

那書頁裡封存的真實

上午，走近餐桌擺置飲水壺的木桌櫃為自己倒了杯水。卻一個不留神，出壺口的水沒全倒進杯子裡，外流的水很快的沿著桌櫃面上覆蓋的厚玻璃邊緣，流（滲）進桌櫃與玻璃之間，泛起了一塊水漬。

這是一張五尺長，一尺半寬的木桌櫃，是以臺灣香樟製作的品牌家具，用料厚實、色澤溫潤，最特別的是他那一股特有的臺灣香樟氣息，十年前新居落成時，妻子走訪數家家具店比價挑選而來的。怕時間久了發霉，我請妻子協助，一起清開了這大木桌櫃上擺置的其他茶具、水果籃，方便移動玻璃好擦乾水漬。才移開玻璃，一股安定的，自然香甜的，古樸沉韻的，令人喜悅安神的香氣，慢慢的延展漫瀰，以至於擦完，歸完定位，室內還留駐那個香氣，絲絲流動又內斂的久久不散。我猛想起了作家妍音，她最新的小說《迴身》所封存的特有氣息，以及她交代的一項功課——獻上一篇拜讀心得。

我勉強算是妍音的長期讀者，在她四十餘冊的作品中，除了兒童文學、親子圖文書之外，我較為熟悉包括她的散文《走過川端町25號》、詩集《詩藏無盡》、少年成長小說《誰？跌進了豬屎坑》、以及集結成冊的短篇小說集《胸膛上的蟹足腫》。將出版的小說集《迴身》，則收錄了十篇短篇小說，除了最後一篇時間稍早，其他多為近幾年在報刊發表的作品。這顯示了作家除了大步向前努力出版兒少文學，她也兼顧了一般短篇小說的創作，成果頗讓人驚艷。特別是將這些作品集結所呈現的況味，成了他人難以模仿的，屬於作者的獨特筆觸。

我不敢言推薦寫序，對於《迴身》，我的拜讀心得如後：

一、調性一致，前後一貫。無論從少年的視角或者成人的敘述觀點，言說與敘述之間，取得巧妙的平衡，故事與寓意兼容並蓄。

二、故事取材特殊。在不同時空背景的篇章，作家所關注的，仍是那些可能就在我們周圍的，那些既卑微又無比真實的人物與行事。那是有別於都會大街社區的步調，卻是隱身都會窄巷仄弄的小群生活況味；是我們不曾關注或者容易撇過頭佯裝不存在的小人物、小議題、小故事。

三、文字語言的特殊性隱含某種封存的企圖。《迴身》持續幾年前的《誰？跌進了豬屎坑》的語言特質，而且更具地方性與庶民性。值得一提的是，作家以熟捻流利的「閩南語」作為人物對話的聲腔，她是使用中文去呈現那些語文，而不是現在「臺語文」提倡者倡議的書寫符號。這使得《迴身》的閩南語聲腔有了地域的特殊性（也許是作家出生與生長的臺中腔）。而且，我深信作家堅持如此的與「眾」不同，應當也有封存這聲腔與地方文化特質在文學作品的企圖。但若以為這種企圖將使得這本書變得拗口不流暢，那我得提醒您，作家同時從事詩、散文的創作，她的文字優美流暢，使得那些對話的聲腔，易懂又具特別的韻味。

四、這不是為文青所寫的現代文學作品，也絲毫沒有向市場傾斜的妥協。喔，這裡沒有負面「文青」的意涵，反倒是想突出作家豐厚的人生歷經，自然內化了的悲憫與凝視細微的寫作風格中，那種真實性與邊緣性，我認為這正是作家作品一貫的風格與底蘊。

哎呀，我囉嗦了，也嚴肅了。《迴身》看似平淡，細細翻閱品讀，那些封存在裡頭的聲韻，那些泛著淡淡憂愁的容顏與氣息，那些底層社會人際關係的細微，便絲絲淡淡的飄漫，既不濃烈嗆鼻，也不驚世駭俗，卻久久不散直入心底。一如我那厚實古韻的臺灣香樟桌櫃，每一掀移玻璃，便是一鼻嗅的清香，令人恬靜又不免令人想一探背後的細理。

卑南族小說人　巴代　二〇一六年八月三十日　岡山

自序——推開四面牆

人很容易就自己困在死胡同裡。

我也曾經如此，尤其有一段時日最是明顯。

是個性使然？還是後天環境造就？抑或從各類學習中不知不覺給自己上了枷鎖？所以書寫就伸展不開。

那時不是秋冬，憂鬱好發的季節，可我也容易便悶著了，然後很鑽牛角尖的就是要把胸口那莫名就鬱著的一股氣，透開，否則真不好受。

也許，你會說找個人說說吧！

或許真有人願意傾聽時，鬱結的氣便會消散了。然而就如曾與我兒閒聊時談及，外人看到的是表相，實際內裡怎說得清？我們眼中所看到的別人何嘗不也如此？

誰又真明白了誰。

所以，自己一個人解題或許才是最佳方式。

解題總要有方法，解題也總要有憑藉。我所能依憑的又是什麼？說知識，太薄弱；說能力，真不足。以為自己懂點什麼，其實那也只是微不足道、人人都明白的常識；以為自己真能寫些什麼，事實說明那是雕蟲小技，有心人都做得到。

因為這麼想著就突然惶惑了起來，我還能做什麼？

往下又該如何走？

書寫，一定不能放掉。生活滋養了我很多，我該也回饋這個世界幾則故事。於是，隱隱然間命運似乎也是如此牽引著，我便將書寫觸角伸向底層與土地最親近的一些人，同時應和著他們的生活習慣，在語言上以角色最擅長的母語呈現，非關其他，僅僅是怎樣生活環境便有怎樣的言語對話。

從事兒童作文教學近三十年，年年都跟孩子們提醒，如果家裡是閩南族群，請跟著家中長輩把閩南語學好，若是客家一族則該好好學習客語，因為自己母家的語言怎能不學？另一方面是客語與閩南語音韻極美，且保留了相當多數的中原古音，以母語吟誦詩詞，絕美，一則傳奇。

但即便是政策明定中小學課程裡有鄉土課程、母語教學，但一週幾堂課的成效其實並不明顯，原因何在？事實是學習如果與生活脫節，還能有什麼趣味？沒有趣味，不是生活，再多朗讀背誦，也將很快便遺忘了。

所以，吸收是多面向的。

父母家人的互動、共同成長，往往比之一學期十八週的學校課程，有更大的延展空間與紮根的深度。因此，父母長者其實是有必要時時再做充實，而這自我充實的首要步驟當然就離不開閱讀了。

我為人母，同時喜愛書寫，一直以來似是罹患了閱讀饑渴症，經常性購書，並週週圖書館借閱書籍，擺了書桌高高一疊，唯恐自己時間不夠用來吸取，這是「學，然後知不足；寫，然後知困」嗎？

困，這個字有趣得很，四面大牆圍住一棵樹。

人說「十年樹木，百年樹人。」

若我是一棵樹，我的書寫傳遞一種想法，那麼，便不能任由四堵牆限制樹的成長。既然此際我發覺自己本質貧乏、疏慵愚鈍，便該趁此自我察覺到困與不足時，為自己往後要走的路多做努力、多閱讀，必須十倍百倍於人，才能有跛鱉千里的可能。

所以，我得好好整理心緒，再用力推開四面牆，讓自己這棵樹可以向陽生長，若能夠，再有茂盛枝葉為人遮蔭，給人涼意。

最後，唯願這書裡的十個小民故事，含帶的閩南語對話，不至於困住了讀者朋友。

感謝您願意翻閱，千言萬語盡在我心。

目次

迴身

轉過身，李燕看到一大片梅林。

她再熟悉不過的梅樹，雖然不能算是高聳參天的大樹，但一排排羅列在她前方，宛如整隊的士兵。恍然間，她似乎看到照片上看過的那個青澀十七歲少年，頭也沒回的勇敢前行。

偌大的梅林分成兩區，隔開兩區的是一條筆直山徑，李燕站定向前看去，山徑由她眼前直直向遠方蜿蜒而去，去向極遙遠觸不到盡頭的地方。李燕半瞇著眼望向遠處，自那頂上天庭灑下一道道亮而白的光線，那光因為距離遙遠而有氤氳感覺，彷彿裹了一層薄膜般的朦朦朧朧，許多她往昔一知半解的事，便隨著那游離霧氣罩向她心頭。然而，也因強光兜頭照著，李燕不禁微有刺目的感覺，卻在刺目的同時，心的一角綻開一條縫隙。

李燕定定立在山徑這頭，她很用力想著，不清楚自己是否曾經走過這樣一條山徑。

新近才從大伯手中接過的阿爸的信，信裡的每個字宛如一顆顆自天而降，教人措手不及的炸彈。

「……有一天巴勇梵受到美軍B25超低空襲擊，日軍只能在幾個地方以高射炮回擊，我以為我會死在這次美軍的大規模轟炸……」

難道……許久許久之前游離在一片耀目光芒中，自己曾經漫無目的走過，再睜眼便成了那個男人的女兒，現在的自己？

半晌之後，她想，或許這回該實實在在走它一趟。

李燕提起腳跟，鼓起勇氣，踏出了一步。

◆

昨天李燕聽說阿爸往生了，然後她看到年過六十五的老母悲慟的樣子，她嚇住了。阿公阿嬤往生的時候，阿母也不曾這樣摧心拉肝的嚎哭，如今卻是為了一個只給了她孩子而沒留在她身邊，糾葛了她一輩子愛恨情仇的男人痛哭。李燕除了萬般不捨之外，還略略興起荒謬的感覺。

大伯拿著馬尼拉寄來的信過到李燕母女住處這邊來報喪，李燕發現初始阿母以她慣常顯露的不表關心神情。

「馬尼拉彼屏寄片來。」

「……」

多年來大伯和菲律賓聯繫已是半公開的祕密，李燕也知道大伯都會在信裡跟阿爸說些關於她的事，只是她至今仍然無法理解，為什麼阿爸會做這樣的選擇？

從大伯、二伯處零零星星聽來的內容，李燕組織出，阿爸第一次前去菲律賓，是在昭和十八年（西元一九四三），因為看到了一張公告，十七歲的他，受到每月含海外津貼有八十圓之高的待遇，而自願加入當時的臺灣軍司令部所招募的陸軍少年軍屬。受到時局變化而熱血澎湃的少年阿爸，李燕是欽佩的。

可是，民國五十年（西元一九六一），阿爸已經不是血氣方剛，經過叢林野戰九死一生後的他，應是不輕易便相信他人的話，他為什麼二度選擇遠走菲律賓，那之後，便成了斷線的風箏了。

風櫃斗，在阿爸的眼裡還留有什麼？

李燕知道，自己的心還缺一角，那一角填著滿滿的阿爸、阿爸。

◆

「這張批內底講……天助……已經過身啊！」

大伯嘴裡的過身二字剛落下，李燕看見阿母的身體震了一下，然後失去她一向的表情，逐漸浮現的是一種比失落更慘烈的失神，然後仰頭朝屋頂大樑一望，便發出緊緊揪住人心的嚎哭。

李燕自己本是沒有一絲傷感，彷彿大伯說的是一個不相關的人的死訊。可是她阿母的異常拉扯著她的心，一股酸，比剛冒出頭的青梅還酸。

李燕的眼淚，便給酸得不由自主的滑落臉頰。

打從李燕有記憶以來，爸爸是她字典裡所沒有的語詞，她阿母也從來不談和她阿爸有關的任何事。她所知道的阿母，是把大大小小所有事，像醃漬梅子一般緊緊壓在大甕裡。

她阿母緊壓心事後，脾氣總無來由的陰晴不定，多年下來，大家族裡的上上下下，自然養成刻意避開談及和李燕阿爸有關的任何話題。

然而所有的刻意，還是在不經意的時候掀了底。

家裡堂兄弟姊妹加上嫁出去的姑姑們的孩子，大家都在的時候簡直要掀了屋瓦，戲耍的時候這樣，吵架時也是這樣。

李燕依稀記得，五歲那年中秋，大姑家的老大應治剛上小學三年級，在學校學了「月圓人團圓」的句子，整個晚上，看到團團圓月他也說上一次，阿嬤發月餅時他又說一次，吃過月餅大家一起玩的時候，他不知哪根筋攀錯藤了，居然不讓李燕一起玩。

「今仔日是中秋暝，咱來耍覕相找好麼？」應治一提議，所有堂表兄弟姊妹無不附和，聲浪之大彷彿颱風橫掃梅林一般。

「好啊、好啊。」

「應治哥哥，人嘛欲耍。」小李燕滿懷興致提出請求，沒想到應治卻是斜眼睇了她一眼，滿嘴不屑，「人阮逐家伙攏是圓滿的，堪若恁兜無阿爸，汝袂當耍。」

「人欲耍啦！」五歲李燕哪懂應治的排擠，還是嚷著要玩。

「今暗是中秋暝，團圓的日子，汝去叫恁阿爸轉來團圓，我就予汝耍。」

「阮阿爸佇佗位？應治哥哥汝帶我來去找阮阿爸好麼？」

「厚，痟仔喔，恁阿爸佇南洋，我哪知南洋佇佗位？」

「嗚嗚嗚，人毋管啦，人欲愛阿爸啦！」

李燕從低泣到嚎啕大哭不過是轉眼的事，可她這一哭教每個孩子都慌了，所有堂表兄弟姊妹紛紛指責應治，沒事跟李燕提她阿爸做什麼。

「應治，汝會害啦，這馬阿ㄧㄚˋ哭甲按呢，三嬸若出來汝就知死。」二堂姊數落著應治，應治畢竟是嫁出去的姑姑的孩子，不甚清楚這許多年來，家裡最大的禁忌就是提起軍伕出征滯留菲律賓的李燕阿爸。

「我講的是實在話啊！」

「汝毋知有冬時仔實在話是袂當講的嗎？」剛進初中唸初一的大堂姊表情凝重的告誡應治，應治卻惱羞成怒，一副非要把事情鬧大不可似的，故意拔高嗓門說道：「是按怎袂當講實在話？阿ㄧㄚˋ本來就無阿爸惜嘛！」

「應治……」

「嚶嚶……我欲愛阿爸惜，嚶嚶……」

大姑姑、大伯母爭相要制止應治繼續往下說，李燕則是莫名的要成為有父親疼惜的孩子。亂成一團的大埕，氣氛異常詭異，大人小孩的目光無目的的交會，然後又驚悚著抽離彼此慌張的臉龐。原來高掛空中的那團明月，彷彿也被嚇著一般躲到樹梢頂上，偶爾才從樹枝縫隙偷窺這一齣戲。

阿嬤不知什麼時候來到應治身後，一巴掌呼去，「啪」輕脆響聲一如寂靜暗夜裡狂亂扯裂的絲帛，不只被賞巴掌的應治回不過神來，散在大埕四周的大人小孩彷彿瞬間被下了咒似的個個定住，就連原是哭得如喪考妣的李燕，也被向來都是笑臉對她的阿嬤突如其來的火爆舉動，給嚇得一張嘴開得像屋後的埤塘。

突然靜下來的大埕，透出一股駭人的詭譎，也在現場的大姑，只有眼珠子轉個不停，至於手腳則是顫得僵了。

「誰講阿ㄧㄚ無老爸，阿ㄧㄚ的老爸是恁三舅，伊是上勇敢、上友孝的人，知麼？」

應治手撫著燒辣辣的臉頰，看著阿嬤直勾勾的眼睛還持續在噴火，方才的強硬雖被壓制了一些，可他眼中還明顯存在著不服氣，猶自掙扎著要反射一些出去。

阿嬤吃到這樣大的歲數，到底是吃過的鹽比應治吞下肚的飯還多，眼一瞟就明白，應治這孩子從他父母那裡聽來太多添油加醋的閒話，阿嬤偏過頭對大姑姑疾言厲色一番，「阿雀啊，汝做大人的啥話通講啥話毋通講，食到遮濟歲敢會毋知，汝踮恁厝內講遐有孔無損的欲做啥？予應治這个囝仔學學一寡有的無的。」

大姑姑被阿嬤這樣一說，臉上瞬間像油漆新手刷上的紅油漆不甚均勻，她狠狠瞪了應治一眼，眼神裡的火苗就要燃燒起來，應治這才有了自己闖下大禍的覺醒，但說出去的話如同潑出去的水，再要收回，難如登天。

同這時間，沒有人發現阿罔鬼魅一般從她屋裡飄出來，以她向來行事風格，不由分說兜頭抓起李燕頭髮就往屋裡拖去，再留下一句壓得眾人喘不過氣來的千斤重石。

這句沒有陰陽頓挫沒有高低起伏的話語，宛如給大埕灌進了滿滿的冰塊，在場的人沒有一個不是從腳底冷了起來。

「家己幾兩重沒先除一下，欲參人佇遮耍啥？」

那之後，不但大姑當真成了潑出去的水，就連她一家都成了不受老宅歡迎的客人。經過這件事之後，小李燕明白知道自己有一個阿爸，但她也明白遠在南洋的阿爸是不能拿出來說的，尤其是在阿母面前。

長大一點李燕進了小學，有些同村子的頑皮男同學公然嘲笑李燕沒爸爸，她都不回應那些無聊的話，她心裡清楚，阿嬤說過她有阿爸，是應治哥的三舅。她一直盼著阿母跟她多說些關於她阿爸的事，但她阿母非但始終不曾提起，甚至總在大伯、二伯和他們各家孩子說話時，常沒頭沒腦的就狠瞪她幾眼，她那滿腔想問的關於阿爸的話，就一直這般嚥下再嚥下，嚥了一年又一年。

直到國中時候，李燕從歷史課本讀到清朝因為甲午之戰失敗，將臺灣割讓給日本，從此臺灣成了日本的殖民地，而臺灣更多的苦難是在二戰後期，除了常常遭到美軍轟炸外，為了支應南洋戰場，日軍更從臺灣半徵半騙的募集軍伕下南洋。

李燕心中百種情緒翻滾，她想多知道那個阿嬤說過最勇敢最孝順的阿爸的一切，於是壯起膽子問她阿母，卻遭到阿罔歇斯底里的回應。

「汝愛記得汝的老爸已經死啊！」

「啥物時陣死的？是按怎咱兜公媽桌頂無阿爸的神主牌仔。」

「愛啥神主牌仔？」

阿母咬牙切齒的模樣教李燕害怕，童年的惡夢不由自主又跑回眼前。

◆

「我前世人是做啥物失德代誌，這世人就愛遮爾歹命？」

「無代無誌轉來作啥？害我有阿ㄧㄚˋ這个孽種。」

阿母說她是孽種，縮在牆角邊的小李燕大氣不敢出一聲，太多經驗告訴她，安份一點的好，免得遭來阿母的掐捏擰揪，皮肉痛還是其次，她心裡不明白的懵懵懂懂像一隻錐子不斷的挖割她的心。有時冬夜裡阿母那種鬼魅般的磨牙囈語嚇壞了尿急醒來的小李燕，她抖顫得忘了自己該要下床解尿，只想要有個牆一般的厚實依靠，可她卻也只能貼住那堵冰涼土埆牆，讓一種悲哀從心底冒出，然後她也鬼一般幽幽啜泣起來。

李燕嚶嚶啼哭，她阿母夢中咒唸已經完結，但暗夜屋後蟲聲唧唧，正一聲聲穿透土埆厝的縫隙，朝小小李燕耳膜鑽來，混雜多種蟲兒的聲音，最後全都集中在青蛙大腹鳴叫之中，「嘓——嘓——」拉得老長，小李燕害怕青蛙叫得腸肚破裂，然後蹦出一個像她一樣的小可憐。

李燕記起阿母常指著她罵，「攏是汝按我的腹肚蹦出來，我才會遮歹命，若無汝，我的人生袂遮淒慘。」

阿嬤有時會勸著阿母，「阿罔，汝莫定定想家己命苦，汝愛想講汝有一个阿ㄧㄚˋ遮爾乖巧，這是無人有的。」

其實李燕覺得自己比阿母更像歌仔戲裡的苦旦。

小李燕只要想到阿母為了她破了腹肚，就會突的悲從中來，原來的低低飲泣便也發展成嚎啕大哭。

這一哭把她阿母都哭醒了。

「三更半暝睏毋睏，無汝是咧哭好命麼？」阿罔罵著一個翻身，手一向前輕易便擒住李燕，小李燕再想躲也沒處可躲，阿罔的爪子一來，教她更是害怕，她原是蓄得滿滿的一缸子尿，就被抓破漏濕了整張床鋪。

「夭壽死囡仔，欲放尿汝毋起床，共我放踮總鋪，汝是皮咧癢啊是麼？」李燕阿母總是聲嘶力竭的高喊，存心把每一房都喊醒，阿嬤和大伯母總是一再出現在她們房裡，阿嬤勸著阿罔，大伯母忙著幫小李燕換褲子。

「阿罔啊，汝按呢是做啥？阿ㄧㄚˋ卡按怎講嘛是汝的骨肉，天助的血脈，汝怎樣袂當容忍伊咧？」

那時小李燕不知道天助是誰，她只想要她的阿母像大伯母那樣疼她就好。

「阿罔啊，阿ㄧㄚˋ遮細漢，有代誌汝好好啊講，做啥共伊捏甲烏青結血，可憐喔！」大伯母攬著小李燕不斷安撫，「惜，阿姆惜，阿ㄧㄚˋ乖，阿姆毋甘。」

那樣的悲痛深埋在李燕的記憶。

大伯母會把李燕帶到她房裡去，那樣淒涼的夜晚，在大伯母的榻上入睡，但李燕總是睡不安穩。

恍恍惚惚間總是聽見大伯父和大伯母的對話。

「這个阿罔真毋是款，阿ㄧㄚˋ是囡仔，逐擺就是按呢苦毒伊。」

「話嘛毋使按呢講，阿罔伊一世人欲盼望誰人？等啊等望啊望，好不容易望甲天助好好一箍人自南洋轉來，汝敢袂記得彼段時間，阿罔逐日攏是喙笑目笑，天助行到佗伊就綴甲佗。」

「嗯。」

「日本拄拄戰敗時陣，阿罔逐日望天望月，一个人定定佇公仔媽頭前求，伊求的是啥？猶毋是天助會當平安倒轉來。毋過一年一年過去，伊的心攏冷啊！莫講阿罔，阿爸參阿母嘛是想講天助已經死佇南洋的戰場。」

「唉，命啦！是阿罔卡歹命啦」

「有影阿罔卡歹命，彼幾年伊為天助流的目屎敢有少過？講甲恁小弟嘛是真害，無伊就莫轉來，予阿罔澈底死心。無代無誌轉來甲阿罔睏睏咧就做伊閣走去菲律賓，敢講阿罔就毋是伊的某子？」

「唉，這欲按怎講咧！」大伯嘆了好大一口氣，「攏是彼時的時勢造成的，若毋是臺灣予日本統治，若毋是日本野心傷大，哪著徵調軍伕去南洋，天助嘛袂痟想領退的軍餉改善咱的家境。」

「唉——」大伯母邊嘆氣邊撫著小李燕，「可憐阿ㄧㄚˋ這个囡仔。」

眼淚從小李燕的眼眶滑落床鋪，大伯和大伯母說些什麼，她根本聽不懂，但是因為聽懂大伯母說她可憐，越發覺得自己真的可憐無比。她只想阿母好好待她，如果能夠，再給她一個阿爸，然後像大伯、二伯，或者四叔他們各房那樣，沒缺人口。

但是年過一年，小李燕還是只有阿母，沒有阿爸，鄉野三合院裡，各房還是用一種憐憫的眼神待她，仍然在她夜裡遭受責罵時，爭相搶救至各自的床榻，那些李燕原是從不知其然的事，經過各房伯叔家人的關切，昏暗夜裡成人不勝唏噓的感嘆，讓她在腦中兜著天助、南洋、軍伕、日本戰敗、菲律賓等等名詞轉，比起其他堂表兄弟姊妹，李燕算得是早熟了點，但她就算洞悉伯叔們談的都是和她阿爸、阿母有關的事，可她卻總是無法連得上來。

這種時候有一種憂愁，就會悄悄蒙上心頭。李燕想，為什麼她不能像堂兄弟姊妹們那樣和父母共享天倫？如果她的阿爸真的還在人世，為什麼她從懂事開始只看到咒怨她的阿母？她的阿爸呢？

小學五年級時因為同學說她名字取得真好，不俗氣沒有土味，李燕回家問她阿母怎會想到用這個燕字做她的名字。

「阿母，人阮同學攏講我的名真好聽，汝哪會想著欲用『燕』這个字？」

阿罔愣住盯著李燕看得目不轉睛，她明明是討厭有李燕這個孩子。

當初確定肚子裡有這塊肉時，天助曾經在梅子樹林抽噎著跟她說的那些在菲律賓巴勇梵遭到美軍B25低空襲擊的驚恐，不預警就浮上心頭。

那時，說到美軍對巴勇梵的轟炸造成傷亡慘重，天助整個人抽搐得厲害，阿罔知道他害怕極了，攬著他輕聲安撫：「汝免驚，遮是臺灣咱兜，戰爭結束啊，袂閣有飛機來空襲。」

「汝無辦法瞭解彼種驚惶，逐擺若一聽到飛機飛來擲炸彈，我就想講我一定會死去，死去就看袂著汝。所以我就趁戰亂的時陣逃走去山頂，我真好運找到一个山洞，我就覕佇山洞內底，一日過一日，慢慢無聽到飛機的聲，自從我覕佇去山洞就無看過其他的人，我毋知影家己一个人佇山洞內經過偌久？若毋是因為艱苦，半爬半滾的滾出山洞滾落到山腳，佇菲律賓已經三代的好心的福建人共我救去，等我病好了後，才知影日本天皇早就無條件投降，若無，我有可能猶是憨憨驚甲欲死，覕踮山洞想恁大家。」

天助那一番話是一盞明燈，阿罔相信此後有天助，她再也不是十三歲那年噙著淚送走天助的憨傻女孩，她再不需暗夜裡躲在棉被無盡地想念還未與他送作堆的夫婿。

可她卻沒想到自己竟走入了天助殘留了驚嚇的繪聲繪影裡，靠在天助肩頭，不能自己地痛哭流涕。

「阿罔，汝莫哭，我毋是活甲好勢好勢，遐攏過去啊！這陣就共我猶未去做軍伕以前仝款，敢毋是咧？」

阿罔舉頭望天，天庭在茂盛的梅樹頂上，八月天的赤燄零零落落穿過樹葉間隙，光與熱都沒了原來的強度。

阿罔還在想，都過去了嗎？

一道超強閃爍白光自他倆眼前劃過，阿罔明顯感覺到臉頰下天助的肩膀又震了起來，她才要說些什麼安慰天助，雷聲隨後響遍整座梅樹林。然後天助掙脫阿罔，起身拔足狂奔。

又哭又叫的在梅林亂竄的天助嚇壞了阿罔，慌了手腳的阿罔也跟著在梅林裡奔跑哭叫，直到家裡的人尋聲而來，女眷們抱住阿罔，兄弟們圈住天助，眾人都沉默，唯有吸鼻子聲音間歇性響著。

後來即使只是小如柑仔糖的梅子掉到正在林下走著的天助，他也會驚悸的彈跳起來，「種遮細粒炸彈做啥？」

再後來他鎮日待在老宅，至多走到大埕口，遠遠望著迤邐一片的梅林，他擰著眉說：「遐的樹仔若親像巴勇梵的樹林，行入去毋知底冬時會當閣出來。」

然後他開始想念馬尼拉，那個從深山出來之後，讓他不再害怕的地方。

天助向父母提出想再回菲律賓這事，是在晚餐飯桌上說的，他的話一字一個炸彈地炸向除他之外的家裡每一分子，大家怔住無法回應的模樣，宛如在南洋戰場上被轟炸而亡的軍伕一般。

挽留再挽留，父母兄嫂都留不住。

阿罔什麼都沒說，只是沒日沒夜的流淚，比天助還沒回來之前流得更多，終究沒能留下天助。

天助二度離家後的第二個月，阿罔才驚覺自己懷了孩子，慌得她不知如何是好，她氣惱天助把南洋暗無天日的戰場搬回來給她，夏日午後的閃電打雷，宛如轟炸聲隆隆，她也想逃，逃到沒有人的山洞，可她在梅子林裡衝啊撞的，始終跑不出將她網得牢牢的梅林。

無論她如何跑啊跳啊，擔重物、爬高處，肚子裡那塊肉依然與她黏得死緊。

足月生下要報戶口的時候，大伯問她有沒有想到給孩子什麼名字，她隨口就說：「這个囡仔我討厭伊，就號做『ㄧㄚˋ』。」

「ㄧㄚˋ？」

「對啦，我就討ㄧㄚˋ這个嬰兒。」

後來大伯是去報了戶口，回來也跟她說取了名字叫「ㄧㄢˋ」，那時她還問過她說的明明是「ㄧㄚˋ」，怎麼變成「ㄧㄢˋ」？依稀記得大伯回她說，「ㄧㄢˋ」是國語，後來在家裡就一直「阿ㄧㄚˋ、阿ㄧㄚˋ」的喊著，怎會這時孩子跟她說名字取得好。難道大伯報戶口時沒用上她想用的字？

「按怎講汝的名好聽？」

「阮同學講伊們的名攏足松，干焦我的名上特別，單一字燕仔的燕。」

「呃？汝講汝的名是什麼字？」阿罔以為自己聽錯。

「阿母，是燕仔的燕啊！」

「毋對、毋對。」阿罔垂下頭深思，這裡頭一定有哪裡不對，怎會自己的女兒，打出生喊著她「阿ㄧㄚˋ」，結果卻是另外一個別人說美好的字？

「我是共汝號做『ㄧㄚˋ』，咱規家口仔毋是攏叫汝『阿ㄧㄚˋ』？」

「嗯，『阿ㄧㄚˋ』是咱兜的人叫我的名，毋過我戶口名簿內底的名是『李燕』，燕就是佇柱仔腳做巢的燕仔的燕。」李燕說得眉飛色舞，絲毫沒察覺到阿罔兩隻眉頭越擰越靠近，「阮同學講阿母選的字真好聽，閣真有意思呢！」

阿罔心裡一把火燒得滿臉通紅，她跨下通鋪，橫衝直撞掀了門簾出去，李燕完全不知所措，追著阿罔出了房間，只看見阿罔橫眉豎眼直往大房屋宅走去。

「大伯、大伯……」

阿罔的喊叫像二戰期間盟軍對著臺灣本島投擲炸彈一樣，四處炸開火光。

每一房都有人出來，紛紛問道：「阿罔汝是按怎？遮急欲找大伯？」

「大伯佇鄉公所猶袂轉來。」

「我就知影恁大家攏欺負我無翁無子……」

「哪有？」

「汝這是綴佗講起？」

「無是按怎當初時大伯去甲阿ㄧㄚˋ報戶口的時，我講欲共伊號做「阿ㄧㄚˋ」，怎會這陣變做是燕仔的燕，我明明講我討ㄧㄚˋ這个囝仔，名就號做李ㄧㄚˋ，怎會差遮濟？」

李燕隨在阿罔身後，她倒是清楚看見每一房大人眼中流轉過的神色，伯母叔嬸們飽含不捨的凝視，她感受到的是被深深呵護著，即使她一向就缺少父親的陪伴，那一剎那不自覺的眼眶便濕熱了起來。

「阿罔，天送有講過這項代誌，伊講戶政的辦事員講討『一ㄚ』的一ㄚ國語號做『一ㄢ』，燕仔的燕嘛唸做『一ㄢ』，自按呢辦事員共咱記做燕仔這字。」大伯母似乎早知道會有這樣一天，她不慌不忙的解釋。

「大伯抑毋是毋識字，怎會予戶政的人亂寫？」阿罔反駁之後再哼了一句，「我知恁大家攏欺負我，苦袂得甲我綁踮遮。」

「阿罔啊，汝那通按呢講，阿爸敢無疼汝？」二伯母說。

「二嫂是講阿爸飼我佮阿一ㄚ這兩隻喙？」阿罔吊起眼尾掃視過二伯母，鼻腔裡再哼出，「我甘願食稞，若是天助留踮厝……」

阿罔話沒說完還留個尾巴就轉身回自己屋裡。

李燕不知所措的立在眾家伯叔之間，原來同學口中別具一格的名字，是個阿母不願提起的毒瘤，卻在包含大伯等善心人士蓄意的陰錯陽差下被保留了自尊。

◆

梅樹林裡初初結果的青梅，總散發出一股青梅特有的氣息，李燕說不上來空氣青澀澀的氣味如何形容，春天躡手躡腳走進人間之後，青梅子便要探頭看看人世。年復一年李燕嗅著梅子味，心底理不清的對阿爸及阿母的情緒，像極了她曾經和堂姊們鑽過梅子林，隨手扯下一顆青梅塞進嘴裡，那種又酸又澀的滋味。那年的隨手亂摘，讓她一次就怕，從此再也不曾手癢去摘未熟的青梅，可她企盼父母疼愛的心緒，卻時時撓搔得心癢難耐。

阿罔質問大伯關於李燕的名字一事之後，李燕到底是第一回從阿母的嘴裡清清楚楚聽見，過往被隱諱的阿爸的名字——天助。李燕再不願意隱身在沒有爸爸的陰影之下，她在每房屋宅進進出出，來去衝撞的結果，終於約略知道自己的阿爸在太平洋戰爭爆發後，被當時治理臺灣的日本政府徵召到南洋當軍伕。一九四五年八月十五日，日本天皇承認戰敗無條件投降，南洋的軍伕陸陸續續有人回到臺灣，也有人被送到日本去，但她的阿爸卻始終沒有任何訊息。

「一開始厝內的人攏以為三叔已經佇南洋的戰場死去啊，大大小小哭哭咧了後，阿公　阿嬤已經做好準備，欲甲自細漢就收來做童養媳的恁阿母找一个翁，就佇媒人婆仔替前庄一个人家來提親彼年，彼年拄好是恁阿母直欲三十歲，親事猶袂講成，恁阿爸嘛經過波折轉來到咱兜。」大伯母向來最心疼李燕，也願意讓李燕清楚事情來龍去脈。

「我聽阮阿母講三叔轉來彼冬陣恁阿母偌歡喜咧，逐日隴甲恁阿爸綴前綴後，綴甲恁阿爸煩起來。」長李燕十歲的大堂姊還殘留有李燕阿爸的印象。

不知怎的，李燕喉頭一酸，想起梅子林成串成串的青梅子剛剛冒出的情形。

很小時候她曾經等不及梅子成熟，成天在梅林下鑽進鑽出，仰頭看著細小青綠的梅子，阿公跟她說過，「阿ㄧˋㄚ，遮的梅仔愛熟甲夠分才好食，無會酸澀歹食，知麼？」

「我看過恁阿爸，真緣投喔！」

「對對，三叔是大帥哥。」二堂姊才比李燕大六歲，李燕對她的話做了保留態度，尤其大堂姊指著二堂姊說：「汝知啥？彼陣汝猶憨面憨面，三叔是佗一个，恐驚汝是分袂清楚吧？」

「誰講？」

「若無，汝講，三叔生做啥款？伊有偌懸？汝敢講得出來？」

「煞去煞去，我無愛參汝爭。」

關於阿爸是否英俊的事後來也就不了了之，真正讓李燕掛意的其實也不是這個，她很想弄明白阿爸為什麼回來臺灣又離開？馬尼拉有什麼地方比風櫃斗更吸引阿爸？她的阿母，自小養在家裡為了長大和他送作堆的童養媳，不夠吸引阿爸嗎？

長在梅農家裡的阿母難道不知道梅子熟成需要時間嗎？因為戰爭分別了那麼些年再見面，她得讓阿爸有時間好好認識她啊！她那樣跟前跟後，阿爸會不會當成在菲律賓時躲逃的盟軍子彈？李燕每每想到這裡，都忍不住要為她阿母當年的憨傻掬一把同情之淚。

可是她流再多淚，都改變不了她阿爸已經離開風櫃斗，選擇再次前往菲律賓的事實。

◆

阿公還沒過世前最疼李燕，常常帶著她在自家梅園裡逛，李燕記得阿公說日本時代生活貧困，在快要存活不下去的時候，他帶著妻子兒女從草屯徒步走到風櫃斗，當時風櫃斗還是原始森林，阿公和其他同來的幾家胼手胝足的開墾，先種地瓜，再種山楂和香蕉，種梅子還是李燕出生之後的事呢。

李燕不明白，民國四十九年（西元一九六〇）年底她阿爸回來時，一家人的生活比他自己小時候好多了，他既然能在二戰時期日本的南洋戰場倖存，也輾轉回到家鄉了，為什麼最後他還是選擇離開？

落葉不是要歸根嗎？

只因為阿母黏著他，他就要像不願結在樹上而提前掉落地面的青梅那樣掙扎逃離母株？

關於這些，李燕不敢問阿母，她知道阿母深恨著守活寡這件事。可是去問大伯母、二伯母，換來的只是「阿ㄧㄚ汝愛乖，遐是大人的代誌，汝囡仔人毋免知影傷濟。」

「毋過，大姆，阮阿爸是按怎無愛留踮咱厝？」

「煞毋知恁阿爸佇菲律賓有親人。」大堂姊脫口而出的話，大伯母已來不及將它堵回堂姊嘴裡，「阿雲哪，汝咧厚話啥？」

「哼……」大堂姊不服氣的喃喃自語，李燕當然明白堂姊的話必有依據。

「大姆，阮阿爸是咱臺灣人，怎會講菲律賓嘛有伊的親人？」

「這……」大伯母嘆了一聲，「唉，天公伯啊共恁阿母滾一个耍笑。」

即便大伯母這樣回應，但她還是語帶保留，其他什麼都沒多說，徒留一個老天爺開了阿母玩笑給李燕。

老天爺開了阿母一個玩笑的事，直到李燕高中之後才終於完全明白。

原來她阿爸在二戰結束那年，還躲在在菲律賓極深極深的山裡頭，根本不知道日本天皇已於八月十五日承認戰敗，還宣布了無條件投降。他逃入深山後完全斷了補給，因為一場病痛才摸索出了山，已是一九五一年秋天，因緣際會遇上了由福建前往菲律賓發展的一家人，一場病養下來，也就順理成章的成了那家女兒的丈夫，還生了孩子。

從那時起，李燕總想著有一天去到有阿爸的地方，她要看看阿爸，問問阿爸，自己和阿爸其他身上流了一半他的血液的孩子，有什麼不同？

為什麼他不願意再回臺灣？回來看看她這個他留給阿母的牽掛？

「其實一開始恁阿爸毋知影有汝。」

「呃？」

「恁阿爸轉去菲律賓了後，恁阿母才知影有身啊，恁阿母想盡辦法欲予汝落掉，跳啊，闖啊，擔重啊，毋閣汝就著胎著甲好勢好勢。」

「……」李燕靜靜聽著，原來自己在母親胎裡便無可救藥的戀著她了。

「可能是天公伯仔刁工共汝留佇恁阿母身軀邊，若無，恁阿母日子會閣卡歹過。」

「……」

「恁阿母講討厭汝其實是喙講講咧，伊喔，是惜汝的。汝敢袂記得，彼年啊，汝小學一年，風颱帶來的雨水真大陣，汝去洗身軀間仔洗身軀了後，雨落了閣卡大陣，汝毋敢出來，踮洗身軀間仔哀甲大小聲，恁阿母驚汝予風雨掃走，穿鬖簑甲汝攬轉去房間……」

是啊，多年來大伯母一說再說的這件事，幾經翻飛，依然歷歷在目，阿母之於她，是如何的揪心？而阿母之於自己從未謀面的阿爸，又是如何的愛之入骨，否則聽聞阿爸死訊，也不致難以自持。

李燕緩緩踏著這條再熟悉不過的山徑，前方自天際撒下的白光，亮得出奇。山間的村落，終年在群山環繞、梅林遮蔽下，極不容易有這種亮晃晃的時候。

是的，是這種林蔭遮蔽的山居，教阿爸聯想到被送去南洋當軍伕的那些年，他遺世獨立地在菲律賓深山裡躲藏，早怕極了那種陰翳。

◆

昨晚李燕一宿未眠，在阿母入睡後，捧著大伯交給她的那只鐵製餅乾盒，她躲到灶間。鐵盒裡一封封有泛黃、有簇新的信紙，她一頁頁讀著，數十年來阿爸對山裡的這個家，對海島的這個國，對他緣淺的童養媳，甚至對她這個只見過照片的女兒，都有一份深不見底的感情。

只是阿爸的有情，阿母的感受卻是真真實實的無情。

從頭到尾，李燕不曾見過阿爸，數十年來，她人生每一個重要階段，都是嘴裡說是厭著她，卻是用生命護著她的阿母陪著度過，阿母行為再怎樣脫序，都是守了她一輩子的阿母，可憐的阿母生命中擁有的丈夫只是一個名字，一個李家排行老三的男人。

要說阿母有什麼，也只有她這個可任意咒罵、擰捏的女兒。

走了幾步，李燕突然醒悟，阿爸往生了，就祝福他一路好走，自己與他，過去不曾有緣，現今又何須去攀這層關係？

多年來，即使阿母始終不曾正視她，但李燕知道自己真正擁有一個阿母。

轉過身，李燕走向斑駁老厝。

——本文榮獲第二屆許昭榮文學獎評審獎

ㄉㄢㄉㄢ ㄉㄢ ㄉㄢ

學期近入尾聲，期考一如逐漸逼近的颱風，多少給秀霞帶來壓力。

可這天的課秀霞整個心神有如拍岸潮汐，一波落下一波又湧起，她完全無法專心聽老師講課，眼睛是盯著講臺上的老師，可不一會兒就又瞟向窗外的天空。秀霞看著天上快速移動的雲，似是後有追兵一般，不知怎的，這時秀霞的腦海中反反覆覆迴響起爸爸常說的那句「中國鞭，舉大槍，來阮永靖吃枝仔鞭，ㄌㄢ ㄌㄢ ㄌㄢ ㄌㄢ。」

以前爸爸在唸這段詞的時候總一逕的怪腔怪調，表情還帶著刻意裝出的誇張戲謔，秀霞不知為何的笑著笑著就不忍心了，然後偏個頭暫時不看爸爸的臉，但卻看見平常和爸爸互動不多的哥哥姊姊，正暗暗抿著嘴笑，雖然他們那緊抿的嘴唇像黏了膠似的，但眼尾就是藏不住他們不想洩露的笑意。

可是秀霞剛剛彷彿有過一個念頭，一種說不出來的傷感罩在心頭，他想起爸爸的朋友李伯伯，那個已經不在了的外省兵，那個太太是永靖人的山西人。李伯伯說他十幾歲開始上戰場，打遍大江南北，贏了日本還沒得喘氣，就接著和共產黨對打。李伯伯雖然笑說那是個風起雲湧的時代，可秀霞卻不只一次看見李伯伯眼角泛著淚光。

秀霞兩眼發直想著「風起雲湧」這四個字，天上的雲依舊四處竄開，但是，風呢？

教室兩側的窗戶雖然大開，偶爾也有微微風息飄過，但六月的天光夠強夠烈，把操場曬得像控過的土窯一樣直冒煙，秀霞不得不信媽媽說過的那句「六月火燒埔」，還真的是呢！這麼熱的天氣悶得人人汗流浹背，前座許春美頸子後滴下的汗正如一條小水蛇往她衣領裡鑽去，秀霞雙唇一癟又看向窗外，天氣這麼熱，颱風還不知道什麼時候來，如果這時她能吃上一枝「ㄉㄢ ㄉㄢ ㄉㄢ ㄉㄢ」的冰棒該有多好！

秀霞對自己腦筋突然跳到這上頭感到莫名其妙，不覺莞爾了。

「陳秀霞。」

老師突如其來的點名教秀霞魂飛魄散，雙唇邊上的小小笑雲經她用力一抿，就這麼「ㄉㄢ ㄉㄢ ㄉㄢ ㄉㄢ」的僵在空氣裡，她怯怯的應了聲「有」，填滿驚悸的眼神沿著木框窗櫺貼著牆壁，一片空白，然後從教室前門飄到黑板，再飄到另一面牆角下擺放的老師桌子，她就是不敢把眼神停在老師臉上，她害怕對上老師犀利的眼神。

「上課要專心，一直看教室外面做什麼？」

秀霞垂下頭去，她是點頭也是難為情，老師不留餘地直接就指出她的心思都在教室外面，同學會怎麼想她？上課不上課，只想著「ㄉㄢ ㄉㄢ ㄉㄢ ㄉㄢ」的冰棒。

同學中有人知道永靖人說話那種可愛的尾音嗎？

在班上秀霞從沒主動問起同學家的事，她也不和同學談自己家裡的事，就怕同學問起爸爸在哪裡上班做什麼事，秀霞還真不知道該怎麼回答。從小學一年級開始秀霞看到的爸爸就是在家裡，大多時候總是一杯太白酒和他做伴。媽媽心情好的時候，跟秀霞說的是「恁阿祖是秀才，恁查某祖人攏叫伊秀才娘，恁爸爸嘛真有才氣，字嫡文嘛袂穤。」秀霞聽得出來媽媽對爸爸的崇拜，可是每當媽媽在職場上受了氣，爸爸喝酒這件事就不再是美麗的風花雪月，反而成了最不入流的事了，因為媽媽總指著爸爸罵，「規仝干焦知影啉瘖狗尿。」

秀霞總不懂爸爸喝的明明是酒，而且還是用了素有詩仙之名的唐朝詩人李太白名字的太白酒，媽媽為什麼說那是瘋狗尿？

瘋狗尿到底還是狗尿，但爸爸酒喝多了就是睡，他也不會像瘋狗那樣四處亂吠，要說爸爸裝瘋賣傻，秀霞也不同意，她反而覺得喝得半茫時候的爸爸，才是真正的他自己。

其實秀霞頂喜歡爸爸茫酥酥的時候，只有這種時候爸爸才會開口說話，雖然爸爸偶爾岔開小咳幾聲，但他只要一開講就收不住口。秀霞腦海裡所記得的所有故事都是在這種時候聽到的，像包公審郭槐、烏盆記、羅通掃北、薛仁貴征東、薛丁山征西……等等，無不是六、七分醉的爸爸拉著她興致昂揚的一說再說。

也只有秀霞喜歡聽爸爸說故事，哥哥姊姊沒有一個人願意在爸爸身邊多待些時候，秀霞看出爸爸也很自知，從不勉強秀霞之外的兒女和他親近。

那些年爸爸通常是在喝下半杯太白酒後開始來勁，然後說學逗唱的本事就一一出籠，比如爸爸以鼻孔吹口琴，小秀霞常常看得哈哈大笑，可卻換來哥哥和姊姊輪番射出的白眼。哥哥或姊姊的白眼總讓小秀霞害怕，他們用眼神射出一枝又一枝責備的箭，小秀霞不懂，爸爸很厲害，有著別人不會的絕招，而且還是在家裡娛樂他們、讓他們高興，她只是同等回饋爸爸而已，為什麼哥哥姊姊不容了？

後來爸爸除了鼻孔吹口琴，再多加一種表演，爸爸鼻孔吹奏世界名曲「散塔露琪亞」之後，隨即張口歌唱，第一次聽到爸爸渾厚美聲，秀霞驚為天籟，張口結舌久久不能自己，尤其爸爸唱到「何處歌聲悠遠，聲聲逐風轉，夜已沉欲何待，快回到船上來，散塔露琪亞，散塔露琪亞。」秀霞竟是如癡如醉，回頭一看，哥哥姊姊蹙眉癟嘴，秀霞在哥哥姊姊的眼神裡讀到掙扎，秀霞愣了半天完全不明白，再回頭，靜坐藤椅的爸爸臉上寫著滿滿的失落。

秀霞猜想哥哥姊姊的默不作聲是指責她背叛了媽媽，因為家裡經濟都是媽媽一個人在承擔，但爸爸唱這麼好聽的歌給大家聽，他們有什麼好掙扎？

秀霞當然知道媽媽挑著家裡的經濟重擔很辛苦，但她看見了哥哥姊姊沒看見的爸爸的寂寞，她不知道在爸爸身上曾經發生過什麼事？

秀霞依稀有過一個模糊印象，幾年前她彷彿聽過哥哥姊姊和媽媽暗地裡小小聲談論過爸爸。不知道是姊姊還是哥哥跟媽媽說了什麼，媽媽回答說：「恁爸爸無做彼種垃圾代，是伊們課長癩哥食錢閣賴予恁爸爸。」

「毋過人嘛是來咱厝掠爸爸啊？」秀霞聽得出來哥哥很激動。

「真無面子呢！」姊姊這樣說。

「調查清楚毋是兩日就放伊轉來啊！」

媽媽的回答更教當時還懵懵懂懂的秀霞糊塗，爸爸不是一直都在家裡？什麼抓人？什麼兩天就放回來？她沒辦法安靜想這些，乾脆就往媽媽和哥哥姊姊中問一站，開門見山直接就問：「恁講啥？誰欲掠爸爸？」

「汝知啥？」哥哥扭頭走出秀霞和姊姊的房間。

「汝莫吵啦！」姊姊瞪了秀霞一眼，一把推開她，自己鑽進通舖上的棉被堆裡。

秀霞愣在原地，腦筋還轉不過來，媽媽就又戳了她的前額，丟給她一句「囝仔人有耳無喙」，然後走向廚房接手清洗爸爸摘揀的菜。秀霞理不清這謎一樣的事，日子一天天過去，這個謎織出了一張網，網住了秀霞。

因為媽媽總是說「囝仔人有耳無喙」，秀霞因此沒敢多問媽媽，到底爸爸出了什麼問題，還是有過怎樣的不如意？就連爸爸她也提不起勇氣開口問。

不過秀霞想，她喜歡爸爸，常和爸爸在一起，說不定有一天爸爸會主動告訴她，這個只有她不知道的祕密。

在媽媽眼中，爸爸很「樂暢」，是逍遙王，沒在管家裡米甕還有沒有米下鍋煮飯，但其實秀霞不這麼認為，儘管家計都在媽媽一人的肩膀上，但爸爸也絕非閒人一個。即使長期沒外出工作，但爸爸也是有做事，爸爸做的是家事。媽媽忙賺錢養家，爸爸就成了主內操持家務的人，在秀霞眼中，他們倆不過是角色對換而已。只是秀霞心裡也明白，其他人才不這樣看待她的爸爸，不說鄰居左右、親朋好友，無不戴著特殊的眼鏡看著爸爸，就連自己的哥哥姊姊也不時露出鄙夷的眼神，好像一個爸爸沒外出工作賺錢，就是天大的罪過。

秀霞知道哥哥姊姊可能覺得在他們同學之間抬不起頭來，因為爸爸沒有顯赫的頭銜，甚至連個正式的工作也沒有，更不要說連半毛錢的收入也沒有。秀霞自己的班上就有個同學爸爸是小學校長，有女同學的爸爸是在臺電工作，也有同學的爸爸在市場賣魚，就算李清河的爸爸是老芋仔，軍隊退下來後在打掃市場，那也還是個正當工作。

可她的爸爸呢？做了什麼工作？

掃地、煮飯、教她寫字、下棋，這些在一般人眼裡算是正當工作嗎？這些能賺錢嗎？

◆

「陳秀霞，妳剛剛上課在想什麼？」

「對啊，教室外面有什麼好看的？」

「妳看到什麼？」

才剛下課，老師的身影還沒完全在教室外消失，前後幾個女同學就圍攏過來七嘴八舌爭相著問。

想什麼，能跟她們講嗎？

跟她們講，她們明白嗎？

「唉唷，妳趕快說啦！」

說什麼？說外省兵李伯伯到臺灣是離家幾萬里，說爸爸鼻孔吹口琴吹的是世界名曲，還是說自己的家是媽媽上班賺錢養家，爸爸在家煮飯和喝酒。

這能說嗎？這要說嗎？

「陳秀霞，妳秘雕喔？」

「妳布袋戲看多啦！」

「嗯啊，幹什麼這樣神祕？」

秀霞被幾個同學搖得頭都昏了，比上體育課在大太陽下曝曬冒出更多金星，再不說話，昏厥都有可能，可這些同學和她個性不一樣，她們是不會善罷干休的，她們會把握每一個可以利用的空檔，非得問出個結果不可。這情形從小學一年級大家熟了之後就形成，到現在五年級早已定了型，秀霞也早練成了說些言不及義並且能逗大家開懷的話。但今天到底可以說些什麼來解除危機呢？因為同學的左推右拉，秀霞不及細細思索脫口便說了，「妳們有沒有聽過『中國鞭，擛大槍，來阮永靖吃枝仔鞭，ㄉㄢ ㄉㄢ ㄉㄢ ㄉㄢ。』？」

「呃，什麼是『ㄉㄢ ㄉㄢ ㄉㄢ ㄉㄢ』？」

「呵呵，陳秀霞，妳在唸什麼『中國鞭，擛大槍』？」

「這是彰化永靖的人說的話，說的是『中國兵，拿大槍，來我們永靖吃枝仔冰，冷冷硬硬。』」

「中國兵就中國兵為什麼要唸成『中國鞭』，還有冷就冷、硬就硬，怎麼就唸成了『ㄌㄧㄢ ㄌㄧㄢ ㄌㄧㄢ ㄌㄧㄢ』？」

「那是永靖的腔啊！」

「什麼意思？」

什麼意思？這疑問秀霞也曾有過，什麼時候產生這疑問了，秀霞忙在記憶裡尋找。

◆

小小秀霞拉著爸爸往客廳長藤椅一坐，「爸爸，汝講故事予我聽。」

「秀霞欲聽啥物故事？」

那是夏天熱得小秀霞只想吃冰，想到吃冰就突然想起「來阮永靖吃枝仔冰」，想到這個就想到中國兵，於是她用國語向爸爸撒嬌，「爸，我要聽中國兵的故事。」

「噢，中國兵的故事喔，那是很長很長的故事呢！」

剛進一年級的小秀霞好喜歡爸爸，爸爸經常帶她坐三輪車去朋友家，爸爸去的時候都先拐到媽媽習慣羅米的米店，羅個三斤或是半斗的米，然後跟米店頭家說同家裡的帳一起月底結算。爸爸帶著那些米和一包甘仔糖去看住在樹仔腳的朋友。爸爸的朋友住在一間臨溪搭建的木板房屋，低低矮矮黑黑暗暗的屋裡幾個比秀霞還小的孩子鑽來鑽去，他們看到爸爸都興奮無比，「陳叔叔、陳叔叔」的喊個不停，秀霞看到那情形，不自覺的驕傲了起來。爸爸和他那個正生病暫時不能工作的朋友談話，她就跟那幾個小孩在屋簷下玩她帶去的沙包或是橡皮筋，秀霞一邊玩著一邊抽空回頭看屋裡的爸爸，從屋外射進屋裡的光線落在爸爸那張說說笑笑的臉，秀霞發現爸爸真是好看。

多去幾次以後，秀霞知道李伯伯是爸爸的好朋友，跟著軍隊從大陸來臺灣，難怪李伯伯鄉音那麼重。聽爸爸說李媽媽是臺灣人，可是秀霞就不懂了，為什麼李媽媽說話的音調也怪怪的，不過那個怪還怪得蠻可愛，尾音有個「煙」的音，秀霞很喜歡。

後來有一次去過李伯伯家，在回程的三輪車上秀霞問了爸爸。

「爸爸，彼個李媽媽講的話足奇怪呢！」

「李媽媽是永靖的人，講的話就有永靖的腔口。」

「永靖？」

「就是我定定唸的『中國鞭，攑大槍，來阮永靖吃枝仔鞭，ㄌㄧㄢ ㄌㄧㄢ ㄅㄧㄢ ㄅㄧㄢ』的永靖。」

「爸，伊們永靖的腔哪遮奇怪？」

「每個地方的腔調本來就不同。」爸爸說起國語字正腔圓，和李伯伯這個外省人差很多，「爸爸再唸一遍，妳聽好永靖的腔最特別的是在最後的音，『中國鞭，攑大槍，來阮永靖吃枝仔鞭，ㄌㄧㄢ ㄌㄧㄢ ㄅㄧㄢ ㄅㄧㄢ』。」

「爸，你唸的這段到底是什麼意思？」秀霞也用國語發問。

「這是『中國兵，拿大槍，來我們永靖吃枝仔冰，冷冷硬硬。』」

「嗄，所以中國鞭是中國兵喔，怎麼差這麼多？」

「永靖人說話的的腔調就這樣啊！」

「爸，永靖在哪裡？」

「永靖在彰化。」

「可是我們去的那個李伯伯，他們是住在樹仔腳，又不是彰化永靖。」

「那只是唸好玩的，也只是說中國兵去永靖吃冰，又不是說中國兵住在永靖，不過李媽媽真是永靖人喔。」

「那李伯伯呢？」

「李伯伯啊？」爸爸吐了長長一口氣，「李伯伯的老家在山西。」

「山西？爸，山西在哪裡？」

「山西在中國大陸，在很遠很遠的地方。」

「嗄？」沒離開過家的秀霞聽到李伯伯的老家在很遠的地方，竟就替李伯伯感到離鄉背井的難捱，「那李伯伯會不會想家？」

「怎麼不會？」爸爸靜默片刻後說：「李伯伯十七歲那年有一天和他爸爸嘔氣，轉身就出門想去找朋友，誰知路上竟被強拉去當兵，就這樣跟著部隊到處打仗，戰爭一打就是好幾年，和日本打完了，又和共產黨打，然後國民黨撤退來臺灣，現在他想回家也沒……」

秀霞聽傻了，以她的年紀沒辦法理解那是怎麼一回事，而且以她正生活的時空，她也沒辦法想像李伯伯當年遇上的是怎樣一場混亂，她下意識緊緊挽著爸爸手臂不放，她可不要像李伯伯那樣轉身就和爸爸分離了。

爸爸大約也察覺到說了太沉重的故事，趕緊踩了煞車不再往下說，還巧妙的岔回原來的話題。

「所以李伯伯就是中國兵，舉大槍，去到永靖吃枝仔冰，然後娶了永靖姑娘做太太，才有了李媽媽。」

「爸，李伯伯……」秀霞眼眶裡蓄滿淚水，本來她想說李伯伯真可憐，可是她說不出口。

「你李伯伯是大好人，現在他生病了沒辦法去工作，家裡就靠李媽媽賣陽春麵做個小生意，所以爸爸就帶些……」爸爸摸著秀霞的頭說話，但是沒把話說完。

秀霞其實也有句話想說，但這句「爸爸，你是不是也生病了？」卻一直鯁在她的喉嚨。

秀霞不清楚爸爸和李伯伯的朋友關係有多深，但是她想他們兩個人應該會同病相憐，因為兩個人都是家庭煮夫。秀霞沒在李伯伯家吃過飯，不知道李伯伯會做什麼菜，但是爸爸做的菜她倒是愛吃得很。

秀霞記得爸爸忒會做肉丸子，早上上市場買回五花肉和醬瓜，爸爸就在砧板上將肉和醬瓜和著一起剁個細碎，攪拌均勻後用他左手虎口捏出一粒粒小肉丸子，然後放進小鍋子加了醬油和水，就這麼燒出爸爸特製的肉丸子。爸爸會做的菜豈只肉丸子，爸爸自製的魚鬆才真是人間美味，在不加油的鍋子下仔細控制著火侯，小心翼翼以小火隔鍋加溫，鍋子裡是一鏟一鏟壓碎了魚身，再慢慢磨出細緻魚鬆，過程裡還得細細挑去魚刺，若不是爸爸有著絕頂的耐心，哪有餐桌上好吃又下飯的魚鬆？

爸爸顧了一家人的胃，可也沒忘記餵養孩子精神食糧。

爸爸自己喜歡寫字，也喜歡教孩子臨帖寫字，可是一家子裡只有秀霞是樂意爸爸教寫字，爸爸向來隨哥哥姊姊自做決定，他們不想跟他學，爸爸也絕不強逼。秀霞記得爸爸教她習字用的是柳公權的「玄秘塔」，她問爸爸為什麼不是臨王羲之的帖，爸爸回答她：「柳公權學過王羲之、歐陽詢和顏真卿，臨了他的帖，等於吸收幾家的精華，不好嗎？」

好，當然好，秀霞相信爸爸。

爸爸還說：「妳長得瘦，柳公權的字適合妳。」

秀霞當時還上上下下打量了爸爸好一會，她想柳公權一定也和爸爸一樣身形高瘦。

爸爸很善於利用物資，平常他會整理看過的舊報紙，這些舊報紙就是練字最好紙張。爸爸先在家裡唯一一張餐桌兼書桌的桌面上攤開舊報紙，教她怎麼磨出恰到好處的墨汁，也教了她如何醒筆，更重要的是爸爸親自示範練字基礎的永字。

「妳看好，這永字八法是練字基本，側、勒、努、趯、策、掠、啄、磔，每一筆、每一劃，妳都要記住，好好練。」

秀霞歪著一顆小腦袋，看爸爸在報紙上揮毫，大大的永字，爸爸一個寫過一個，然後要她也在報紙上練習。剛開始秀霞連毛筆都握不好，不比冰棒棍握在手裡那樣牢靠。

「爸，很難呢！」

「慢慢就順手了，柳公權說過『用筆在心，心正則筆正。』。」

「什麼？」秀霞不太明白。

「妳只要記得寫字心要正，做人嘛心也要正，這樣字一定寫得好。」

爸爸這樣說，秀霞似懂非懂，心正不正怎麼看出來？自己又怎麼知道心正了沒？她想爸爸的意思大概就是要她認真練，秀霞果然卯起來死命的練，放假在家的時候，沒事就大張旗鼓，拿來一堆舊報紙，煞有其事的又醒筆又磨墨，然後默不作聲的寫過一張又一張。哥哥姊姊走過她身旁，多半是不發一語癟嘴不屑，要不就是翻翻桌上那本很具歷史的字帖酸她一頓，「寫這什麼？玄秘塔，像嗎？」

哥哥姊姊這樣損她的時候，秀霞感到好委屈，可她又不敢回嘴，她想起哥哥把她堵在巷子口，牛鈴大的眼珠子瞪著她，從緊咬的牙縫迸出看不見的利刃。

「妳老是和爸爸去樹仔腳做什麼？爸爸賖米給別人，他有想過米錢誰在付的嗎？」

秀霞想為爸爸說些話，但哥哥龐大得像怒吼的獅子，她害怕得縮成一團，張了嘴喉嚨卻吐不出聲音，而她又沒能力滾出哥哥的視線，只能由著哥哥拎著她訓話。姊姊雖不致當街給她難堪，但晚上睡覺時，同一間通鋪的姊姊會把她擠到牆邊，再從鼻孔對著她出氣，「哼，一天到晚只知道跟爸爸坐三輪車到處去散財，我和媽媽賺錢很辛苦，妳知道嗎？」

知道，秀霞比誰都知道媽媽和姊姊的辛苦，可是她也知道爸爸是大好人，爸爸不是散財，他賒米是在幫助李伯伯。

媽媽省吃儉用又跟會又存錢，打算買下租屋後面的小平房，屋主是秀霞學校的林老師，媽媽要她到學校時把裝了錢和印章的信封交給林老師，秀霞偷偷瞄過了信封裡的紙條，媽媽寫了「林老師，實在不好意思，這個月沒標到會，還缺尾款的兩萬塊錢，只能先付三千，請林老師多多包涵。」

聽媽媽說林老師的房子要賣十萬三千元，好大一筆數目，為了擁有自己的天和地，媽媽和姊姊辛辛苦苦存錢，秀霞完全清楚，但是這和她喜歡爸爸應該不衝突啊！

秀霞清楚姊姊對爸爸的氣，是因為為了分擔家計，姊姊初中高中沒得選擇只能讀夜間部，白天到汽水工廠工作，泡在水裡清洗玻璃瓶的一雙手，常就皺成百褶裙了。哥哥對爸爸愛理不理的態度，秀霞實在不敢苟同，媽媽閒談時說過，哥哥小時候爸爸很疼他，騎著腳踏車載他四處去兜風，還常帶他去戲院看日本電影「盲劍客」，秀霞才不信讀臺中市立一中的哥哥頭腦那麼差，這些和他切身相關的事都忘得一乾二淨。秀霞其實很想跟哥哥說李伯伯的故事，可是末代初中生的哥哥隨時都盛氣凌人，甩也不甩秀霞。

慢慢的，秀霞也看出來爸爸用鼻孔吹口琴和唱歌是為了取悅哥哥姊姊，遺憾的是一直沒有效果，唯一讓爸爸聊以自慰的是，哥哥還肯跟爸爸下棋。

爸爸和哥哥下棋時真的做到棋中不語了，兩個人默默下著棋，哥哥的眼睛都只盯著棋盤，他從來不知道爸爸的目光在他頭頂盤旋再盤旋，只等著他偶然抬起頭來四目相交的一瞬。

但哥哥始終老僧入定的下著棋，從來不願滿足爸爸的小小想望。

說到下棋，秀霞真是喜歡這種需要動腦的國粹，她從一旁觀看哥哥和爸爸的棋局，學到了一些些如車走直、砲飛山、馬走日、象走田等等基本概念，懂了一點點皮毛後，秀霞開始央求爸爸跟她下棋，爸爸總是任她有求必應。每每秀霞心急著要制服對手，才開始下了三兩著，她的馬就飛奔過河直搗龍潭，進到對方帥的陣營大喊一聲「軍」，她以為自己棋藝了得，輕易就能贏過爸爸，哪知只消爸爸挪個棋子，她的馬便得白白送死了。

「馬入中，不死也帶傷。」爸爸拍拍她的肩語重心長說道，「秀霞，妳要懂啊，小不忍則亂大謀啊，有道是忍一時風平浪靜、退一步海闊天空哪。」

這些話秀霞要在很多年後才能完全明白，但棋局裡爸爸教她凡事不要心急，兵卒只能前進不能後退，在自己營地不能橫行，過了楚河漢界才是大顯身手的時候，到時怎麼走都行。秀霞想起李伯伯，在大陸打仗的時候，不是哪裡戰事吃緊就得去支援嗎？那時候他們那些小兵們怎麼忍過擔心、害怕和想家？渡過臺灣海峽來到臺灣之後，是不是真就能海闊天空了？

秀霞記得去年，升上四年級上了一個多月的課後，逢上十月二十五日光復節大遊行，因為哥哥有參加，她走了兩條街，站在中正路旁看遊行，整個上午都熱血沸騰。

那天爸爸只得獨自一個人去樹仔腳看李伯伯，一去就是將近一整天，連晚飯都沒回家來煮，還是秀霞摸索著做出來，遊行後就回家的哥哥，直到媽媽下班回家問了爸爸去哪兒後，才跟在媽媽那句不特定對誰說的「恁老爸好人敢袂做過頭啊？」之後，從鼻孔哼出「就是嘛，他就是搞不清楚狀況嘛！」

秀霞當然知道哥哥說的他是指爸爸，但是秀霞覺得其實哥哥也搞不清狀況，雖然她自己對爸爸和李伯伯之間的事也是朦朦朧朧，但是她相信爸爸長期關照李家一定有他的道理。

那頓晚餐與其說秀霞是被哥哥的話搞沒了食慾，倒不如說是因為少了爸爸一起吃飯，她整個人空掉一半。

爸爸一直到秀霞正洗著碗時才回來，秀霞聽到爸爸開門聲音，還特別放下洗了一半的碗，溼漉漉的雙掌不停交互捧著，好讓手上的水不致掉到地上。她高興的神情在迎上爸爸那雙紅潤潤眼睛的剎那，慌得和手上的水珠子一樣到處亂竄。藤椅上讀報的媽媽抬頭看了爸爸一眼，爸爸垂眼回望了媽媽，兼還自言自語似的幽幽吐出幾個字，「李守園走了。」

秀霞知道爸爸說的是李伯伯，但她不明白什麼是走了，李伯伯要走去哪裡？回他老家山西嗎？

「爸，李伯伯要走去哪裡？」秀霞立在廚房門邊問。

「妳爸是說李伯伯死了。」

媽媽說的平靜，不像爸爸那樣失神，可這樣還是撬開了秀霞的淚腺，這一幕正巧看在進到廚房喝水的哥哥眼裡，啐了秀霞一句，「妳哭什麼？又不是我們的爸爸死了？」

「秀山——」

媽媽吼了哥哥，哥哥不以為然的大搖大擺回他房間。秀霞不理會這些，她只管在淚光裡想著李伯伯和李媽媽，想到李媽媽便想到她是腔調特別的永靖人，也就又想到爸爸跟她說過的永靖地名由來。

「嘉慶十八年（西元一八一三年）廣東潮州的人來到彰化地區開墾，當時的墾民把永靖這個地方命名為『永靖』，就是希望這個地區和附近的住民都能夠和平相處。」

「為什麼？」

「因為當時來臺灣開墾的人有福建和廣東兩省的人，福建人和廣東人常常因為利益衝突起了紛爭打架，其實大家都不願意看到這樣，所以有遠見的人把地方命名為永靖，就是希望永久安靖，這是很有意義的。」

秀霞想，自己的家可不可以也「永靖」？哥哥姊姊可不可以不要對爸爸有偏見？爸爸可不可以也走出過去的傷痛？雖然她不知道那是什麼傷。

◆

光復節過後很快到了年底，新年元旦過後，爸爸再度穿上襯衫西服，媽媽難掩喜悅向大家宣布，賦閒在家五年的爸爸又將重回職場。秀霞太高興了，突然就感謝起在天上的李伯伯，然後又覺得自己實在太三八了，但才一下下，她就又想到，說不定李伯伯死前跟爸爸說了什麼，那才是爸爸不再自閉的關鍵。

爸爸要去上班工作了，姊姊依著通舖門框微微揚起唇角，哥哥呢？哥哥彎下腰幫爸爸把手提包提起來交到爸爸手上，爸爸笑了，像巷子口宋伯伯家花園裡那株紅梅，冷天裡旋出牆頭亂綻得美麗。

雖然溫度只有十一度，秀霞全身暖和，她高興爸爸和哥哥之間將要融冰，李伯伯一輩子的遺憾不會發生在爸爸和哥哥身上，這個沒人明白的快樂教秀霞像小鳥一般，整天亂蹦亂跳。

爸爸進入新興行業的人壽保險公司工作，爸爸需要招攬保險，爸爸的兄弟姊妹都樂意做個順水人情，就連爸爸過去的同事朋友，不少人也跟爸爸買了保險，爸爸的業績逐月累加，他領回的傭金也持續遞增，秀霞好喜歡這時家裡的氣氛，完美無瑕。

討厭的是五月裡爸爸感冒了，看了醫生吃過藥卻不見好，媽媽勸爸爸向公司請個假，爸爸一直不肯，他說他有很多客戶需要服務。直到他高燒不退，診所不收了，爸爸才意識到事態嚴重，在舅舅的幫忙下住進彰化基督教醫院。醫生說爸爸染上了肺炎，本來肺就不是很健康，這次生病又拖了太久才送醫，得費神醫治。

上個星期天吃過午飯，姊姊帶著秀霞和哥哥搭了彰化客運去看爸爸，顛簸的車程把秀霞的瞌睡蟲一隻一隻搖得貼住她的眼皮，然後肆無忌憚的啃噬秀霞的腦袋瓜，隨著車子的震動，秀霞起先還有知覺自己的頭頻頻點向前座椅背，後來怎樣了她並不知道，直到坐在一旁的姊姊用力推了她，她一驚醒忙問道：「要下車啦？」

「還沒到。」姊姊沒好氣。

就這一瞬車子彈跳了一下，秀霞趕緊抓住前座椅背上的手把，眼睛也正瞟到姊姊的膝蓋，那上頭一坨口水懨懨的攤著，秀霞偏三十度角回看了姊姊一眼，發現姊姊正瞪著她，那瞬間她全明白了，是她把口水滴到姊姊膝頭上了。

秀霞忙抓著自己的裙角去擦，姊姊傾向前在她耳畔小聲嘟囔，「真沒睡相，還可以流口水流成這樣？」

秀霞自己也怪不好意思，撓撓後腦，尷尬笑笑。

醫院裡秀霞看到爸爸，明顯瘦了一圈，看起來比她更適合寫柳公權的字體。爸爸看到她和哥哥姊姊都去看他，高興得一直想下病床起來走走。

「秀麗，共恁媽媽講，我想欲出院。」

「醫生有講會當出院啊嗎？」

「我好真濟啊！」

「袂使得，爸，愛醫生有講才會使得出院。」哥哥難得的開口，擲地就有聲。

「這我知，不過躢跕遮愛開錢，我無開發新客戶，無傭金，秀麗佮恁媽媽就閣愛辛苦啊。」

「爸，錢的代誌汝莫煩惱。」

姊姊的話一說完，整間個人病房彷彿包上一層安靜膜，出奇安靜，秀霞腦袋瓜裡只想著，才下客運車沒多久，姊姊就變得好不一樣喔。

第二天秀霞放學回到家，推門進去一眼看到坐在長藤椅的爸爸，著實嚇了一大跳。

「爸，汝真的轉來啊！」

「轉來厝內靜養嘛仝款。」

爸爸在家秀霞是歡喜的，不然比哥哥早放學的她，總要一個人在家，挺寂寞的。

爸爸不喝酒了，但不定時還是會咳上一咳，保險公司的工作暫時請了長假。過沒幾天，爸爸精神沒好轉反而更差一些，有一層擔心慢慢襲上秀霞心頭。再過一天放學回家後爸爸要秀霞陪著聊聊天，秀霞詫異爸爸的這個要求，但還是一如往昔的靠坐爸爸身旁。爸爸說著他年輕時的事，說著說著，爸爸提起了一件事。

「秀霞，妳知道爸爸為什麼離開稽徵處？」

秀霞搖搖頭，那些遙遠的發生在她還幼稚園時期的事，她沒有完整的印象。

「我本來很喜歡我的工作，也很用心做我稅務股的工作，可是我的頂頭上司稅捐稽徵課的課長汙了一些錢，上面查了下來，他還假意好心連夜到我們家，跟我說上司查到營業稅短少，而營業稅是我負責的，他說查到我，我就會倒大楣，他要我快走，先到別的地方去避避風頭。」

「你又沒有汙錢，為什麼要到別的地方避風頭？」秀霞急了叫了。

「欸，很好，秀霞妳頭腦很清楚。」爸爸的手乏力的摸了摸秀霞的頭，「我也是跟那個課長說我為什麼要走？營業稅雖然是我負責，但我經手的公文報表還都是要交到那個課長手上。」

「爸，結果怎樣了？」

「唉，第二天早上我一進辦公室就被約談，因為遭盜用的營業稅公款帳目還沒釐清，就被暫時扣押了。」

「怎麼可以這樣？」秀霞急得眼淚都流出來了，「他們怎麼可以這樣不問青紅皂白就抓人？」秀霞明白了以前哥哥他們說的「掠人」。

「沒事的、沒事的。」爸爸輕聲安撫秀霞。

「後來呢？」

「還好是同一課的工友，就是妳李伯伯出面幫我作證，證明盜用公款的人不是我，是稽徵課的課長，我才能被釋放。」

「噢。」秀霞如釋重負，她心裡那張莫名其妙織了幾年的網，就這麼不戳自破的散去了。

爸爸低下頭看了秀霞一眼，感觸良多的又說：「所以秀霞，人啊，不能看高不看低，什麼樣的人才是好人，妳要學會看明白。」

「爸爸，李伯伯真是你的好朋友。」

秀霞提起李伯伯，爸爸因而沉思了片刻，然後拍拍秀霞的手背，以十分慎重的口吻說道：「秀霞，我還要跟妳說一件事，一件連妳媽媽都不知道的事。」

秀霞眼睛為之一亮，爸爸要告訴她的是一件祕密，連媽媽都不知道的祕密。

「日本時期我在彰化郡上班，那個時候常常應酬喝酒，有一次幾個同事合資買大肚山上賽馬場的賽馬券。」

「賽馬場？」秀霞無法想像日治時期大肚山上有賽馬場。

「現在的成功嶺在日本時代是賽馬場。」爸爸嚥了一口口水，繼續喘著說道：「因為我們押的那匹馬跑了第一名。」

「哇，爸，你們的馬跑了第一，贏了很多錢喔？」秀霞很興奮，屁股都彈離椅面了。

「沒有，一毛錢都沒有。」

「呃？」

「本來賽馬券是我拿在手上，因為那匹馬跑出了第一名，幾個人就爭著要拿那張賽馬券，就當大家你爭我奪的時候，一陣風吹來，把我手上的賽馬券吹走了。」

「唉呀，好可惜喔！」

「可惜喔？」爸爸抹了一把他的嘴，接下去說：「那幾個同事不甘這個損失，那天晚上幾個人押著我到跑馬場後的山坡。」

「他們要做什麼？」秀霞緊張萬分提臀半站了起來。

「他們怪我沒抓緊賽馬券，才會被風吹走，所以他們很生氣，買了好幾瓶酒，幾個人輪流灌我酒，一連灌了九碗公，我嗆得不停咳嗽，咳到癱在草地上，他們這才罷手，然後頭也不回的走了，把我一個人丟在馬場後的大肚山上。」

爸爸說完了他的祕密，秀霞的不捨才剛開始，她的眼淚從一滴滴汩出眼眶，到最後她趴在爸爸腿上嚎啕大哭了起來。

「秀霞，不要哭，都過去了。」

怎麼會過去？

那個痛從前在爸爸身上，現在跑進了她的心裡。

原來爸爸偶爾小咳幾聲，是當年荒山野外留下的病根，這些灌他酒又丟下他不管的人算朋友嗎？秀霞氣得牙癢癢。

「夜晚跑馬場後的山坡風很大很冷。」

爸爸突然脫口而出這句，帶給秀霞些許驚惶，爸爸看見秀霞眼裡閃爍著擔憂害怕，馬上轉個大彎勉強說了，「是ㄌㄢˊ ㄌㄢˊ啦！」

然後爸爸露齒微笑，秀霞看到的卻是淒涼，她的眼淚忍不住又掉了下來。

「秀霞，不要難過，爸爸是經一事長一智，因為這件事我反而看清了所謂的朋友，妳明白嗎？」

秀霞淌著淚默默點頭。

◆

今天早上不知怎麼的，秀霞都沒辦法靜下心來聽講，窗外的雲飄得很快，雖然知道颱風已經形成，但是一直引起她聯想的卻是「ㄌㄢˊ ㄌㄢˊ ㄌㄢˊ ㄌㄢˊ」。

第四節課老師講解雞兔同籠的數學題，秀霞感覺遠遠從操場那頭走來的人有點熟悉，然後她看見老師走出教室前門，沒多久老師探進頭來喊她，「陳秀霞，妳來。」

秀霞有種奇怪的感覺，同學們也滿是疑惑的看著她。

「陳秀霞，妳姊姊來找妳。」老師又一次探頭進來。

姊姊來找她？出了什麼事？這個念想突然閃過秀霞腦海，這次她毫不遲疑便離開座位跑出教室。

秀霞看見姊姊紅著眼眶閃著淚光。

「爸爸……快不行了，我來……接妳……回家看他。」姊姊說得斷斷續續，秀霞的眼淚早已默默流了滿臉，老師撫著秀霞的頭輕輕說道：「妳快進去收拾書包，跟姊姊回家看爸爸。」

秀霞說不出話來，轉身飛奔進教室，同學被她淚流滿面的模樣嚇壞了，紛紛交頭接耳。秀霞心亂如麻，她什麼都沒辦法想，她只想要爸爸好好的活著，可以常常為她唸上一段「中國鞭，擎大槍，來阮永靖吃枝仔鞭，ㄉㄢ ㄉㄢ ㄉㄢ ㄉㄢ。」

——本文於二〇一四年六月十七至廿日刊載於《更生日報》副刊

無聲

十月的風吹來帶著一絲涼意。

即將要進入的秋季，乃至之後的冬季，都是阿爸喜歡的季節，阿青想，說不定阿爸一開心，就會主動給他五元當零用錢。阿青才剛微微翹起的唇角，隨即像被一道無聲的光影往下拉扯，硬生生僵在那兒，要笑不笑、似哭非哭，不需要照鏡子，阿青自己也知道一定難看無比。

阿青很清楚，阿爸再開心也不會給他零用錢，還一口氣給上五元，除非阿爸頭殼壞掉了，或是老天下紅雨了，要不然五元對阿爸這個個人米粉舖的頭家來說，可重要得很呢！

但是，阿青也非得要有五元不行。

暑假過後升上五年級，班上轉來了一個剛從臺北搬來新竹的新同學何中彥。打從開學的第一天開始，何中彥每天都和班上同學分享他以前在臺北的新鮮事。男同學們一個個彷彿看見新大陸似的，整天圍在何中彥身旁聽他說那些從沒聽過也沒看過的事，班上的女同學耳朵也逐漸拉尖都朝何中彥座位歪去，他們或許覺得有點天方夜譚，可他們又人人都對何中彥所說深信不疑。

比如臺北有個中華商場，長長一整排，不但一樓有店家，上了二樓走在長廊裡還是逛著商店。又說臺北的西門町怎樣的人潮洶湧，商店裡琳琅滿目的商品教人目不暇給，夜市裡又有數十種可口小吃，總能引來逛夜市的人流連忘返。

何中彥說得人人都幻想住到臺北去，喝臺北的水，吃臺北的小吃。

有一次何中彥更在班上向同學們吹捧他吃過的勇伯米粉，多好吃又多好吃，電視上就有廣告。阿青的同學多數家裡沒有電視，不曾看過電視廣告，不知道何中彥究竟有沒有胡謅，不過他們總也會想自己在地的新竹米粉更有口碑。

「你們都不知道勇伯米粉有多好吃！」

「多好吃？」同學大多像阿青這樣沒零用錢，只有羨慕的份。

「嗯……這要怎麼講？」何中彥支著下頷半天想起大人常說的那句詞：「對啦，好食甲會彈舌啦！」

「哪可能彈舌？你亂說。」

「真的，我沒胡說。勇伯米粉一包五元而已，放在大碗公，滾水加下去，蓋起來五分鐘就可以吃了，米粉QQQ，湯頭有油蔥酥和一點點胡椒的味道。」何中彥一急，連沖泡細節都說了。

「米粉哪能用泡的？都嘛要用煮的或是炒的。」

「那勇伯米粉真是像泡麵那樣用泡的就可以吃了。」

「雖然我吃過生力麵，但我還是不信米粉可以泡來吃。」

「我跟你們說，勇伯米粉很細，像針車線那樣細，滾水沖下去很快就熟了。」

「我們這裡的人幾乎都是做米粉的，哪有米粉像針車線那樣細的？」

何中彥說得口沫橫飛時，阿青聽到一包五元就別過頭去，他不想去肖想做不到的事。他記得阿爸說過，「做人愛認份，毋通閹雞欲趁鳳飛。」阿青雖然不懂甚麼是閹雞趁鳳飛，但他是懂得認份的意思。

阿青就不明白了，何中彥幹什麼三天兩頭就吃一回勇伯米粉，然後再到學校來耀武揚威一番。

何中彥幾乎每天都會說上一回勇伯米粉，阿青都快誤以為勇伯米粉是何中彥家生產的。阿青就算不想聽也還是多多少少聽進了一些，勇伯每天都出現在他們教室，阿青想躲也躲不掉。

許多同學還是不相信米粉能有泡麵那種吃法。

有一天何中彥居然帶了一包勇伯米粉到學校，那天他還帶了他家一個有缺口的陶製碗公，下課時他去燒熱水的工友那裡舀了八分滿的滾水，小心翼翼的端回教室，當著大家的面，他拆了勇伯米粉的塑膠袋包裝，放進裝了滾水的碗公，隨手拿了算術課本蓋在上面，幾分鐘後教室便飄散著油蔥酥的氣味。

勇伯米粉特有的香氣從陶碗公冒出，見到每個人的鼻孔都鑽進去繞兩圈，撓搔得許多人都神魂顛倒了。不多時連教室門窗框縫都瀰漫那股勇伯米粉味道，阿青隨著何中彥呼嚕呼嚕吸米粉的聲音，和越來越濃越抗拒不了的香氣，兩頰內跟著泉湧不停。阿青嚥下一口口水，沒多久又生出津液蓄滿整張嘴，他從教室前方躲到後方，那香氣依然神不知鬼不覺的在空氣中施展魔法追著他，生怕阿青少聞幾下便有了損失。

何中彥還算大方，看見許多同學垂涎的模樣，停止獨自享用，笑看環視圍著他的同學，他想就開放讓想嚐一口的同學來吃口米粉或喝口湯吧！

「誰想吃？可以來吃口米粉或喝一口湯。」何中彥大方邀請。

面度何中彥突如其來的邀請，同學們個個靦腆的面面相覷著，當阿青首先喊了「我」之後，同學們才跟著有樣學樣的連聲「我、我、我」個不停。

「排隊、排隊，一個一個來，彭永青第一個，許春財第二……」

阿青捧著那個有點歷史的陶碗公，雖然燙手但還是忍著，他尖著嘴先呼幾下才謹慎小心的喝下一口湯。

那湯從阿青的舌面滾過，再滑下食道，一種從來沒有過的滿足在阿青體內散開，勇伯米粉真不是蓋的。

阿青朝何中彥笑著，「嗯，真的好吃。」

阿青的神情和簡短評語引發排在後面的同學的驚慌。

「你好了沒有？換人了。」

「快快快，只能吃一口喔。」

從那天起，阿青作夢都夢見勇伯米粉包裝上的勇伯對著他笑。

阿青也想一個人好好享受勇伯米粉。

實在是忍不住何中彥日日說著的勇伯米粉的誘惑，阿青在某個阿爸到新竹市交米粉的星期六偷偷向何中彥「借」了一包勇伯米粉，然後約定好不必還米粉，只要還五元就可以了。

那個星期六下午，阿青獲得了超大的滿足，勇伯米粉的滋味在他的齒縫住了下來，在沒有勇伯米粉可吃的日子裡，用舌尖舔舔牙縫，似乎還能掏挖出一些勇伯米粉的香氣。

可阿青青萬萬沒想到，才過一個星期，何中彥就向他「討錢」了。

◆

阿青一路踢著小石子，腳上那雙膠鞋鞋頭處有條裂縫，阿青蹲下去看了看摸了摸，還好不是個大破洞，不然下雨天，可是會變成鞋子裡都是雨水的「雨鞋」了。進入十月之後，慢慢會吹起東北風，下雨的機會不致過多，這一點讓阿青大大的放下心來。

但現在讓他提著一顆心的是，怎麼還何中彥五元的事。

要不要就跟阿爸說膠鞋壞了要換一雙新的？

可是買新鞋一定是阿爸陪著去買，阿爸不可能把錢給他，讓他自己去買。

那麼，還能怎麼做？阿青一個頭兩個大。

阿青抬頭看著天頂，下午四點多的天空藍得很有光澤，像上過釉的瓷器，那油亮亮的表層上面還綴著幾朵白雲，白色的雲輕悠悠的飄著，模樣很「閒情逸致」。偏偏這時阿青悠閒不起來，他滿腦子想著的是因為貪吃莫名就欠下人生第一筆債務。五元說來不多，但對平日一角零花也沒的阿青來說，可也不算少。阿青小小的埋怨著自己，都是愛吃惹的禍，現在怎麼也閒情不來。

說到閒情逸致這個詞，是新近從書本上學來的，阿爸常跟阿青說多讀點書，將來運用腦筋把家裡一人米粉廠擴充到規模大一點，讓員工來幫著做米粉，就不必像他那麼辛苦。

說起阿爸，阿青還真覺得阿爸辛苦，聽說阿母在生下他沒多久就生病過世了，阿爸為了醫治阿母的病，錢都花光了，還向他原來工作的城隍廟旁的餅店借了一些錢，然後再逐月從月薪裡扣回去。阿爸的頭家是個好人，偶爾會讓阿爸帶回來他們店裡賣得很好的竹塹餅，阿青都可以把餅當飯吃了，因為那真是好吃。

阿青記得阿爸說過研發出竹塹餅的創始人，剛開始是在城隍廟賣肉粽，有一天她將肉粽裡的紅蔥頭、肥豬肉和冬瓜糖等幾種內餡，用做餅的方式加以製作，沒想到就是因為從來沒有人這麼做過，大家覺得新奇而且口味特殊，於是吃過的人都讚不絕口，等於開發了一個新產品，往後就一直做下來了。

「這就是竹塹餅的由來。」

「原來是這樣喔……」

「這叫做無心插柳。」

「阿爸，啥是無心插柳？」

「嗯……就是本來無意思欲按呢做，結果做出來的效果袂穤。」

阿青原以為到他長大都能夠吃到免錢的竹塹餅，但是人算不如天算，前年秋天阿爸好不容易把借款還清了之後，看著大南勢的住民一個個加入製造米粉的行列，阿爸看傻了眼，實在不清楚米粉為什麼這麼迷人，後來向人請教，才知道起因是住在「間仔尾」的人家把他們在大陸做米粉的技術轉移來臺灣，他們發現新竹更適合做米粉，於是就落腳在新竹深耕開拓。阿青他們住處的大南勢本來就是一片肥沃水田，能夠產出豐盛的稻米，大家看著看著，也跟著不放過機會，漸漸就形成幾乎整個大南勢都投入製作米粉了。

「汝敢知？咱大南勢差不多逐家伙攏咧做米粉，我看咱嘛來做米粉好麼？」阿爸的口氣像是徵詢阿青的看法。

「……」才剛升上三年級的阿青因為不瞭解不敢隨便開口。

「人這陣攏講咱大南勢是米粉寮，我看咱嘛來做米粉好啊！」

「……」阿青依然無語，他知道相信阿爸就對了，阿爸絕對可以讓他不愁吃穿的。

不久後，阿爸當真辭去了作餅的工作，開始了小規模的米粉製造。阿爸跟阿青說過，新竹米粉之所以好吃，並不是靠曝曬太陽，主要是靠風。新竹的風自來有名，新竹也才會有「風城」的別稱。新竹的風勢強勁並且吹拂的時間很長，一般的米粉業者最喜歡的是在十到十二月東北季風來臨期間曬米粉。

「阿青，汝愛認真看予好，秋風吹起來了後是製作米粉上好的時陣。」

「為啥物？」

「因為秋冬兩季雨水卡少，這時做出來的米粉，品質上好，這就是咱新竹米粉好食的秘訣。」

「噢。」

「毋通干焦知影『噢』，目色愛卡金咧，阿爸按怎做，汝就按怎記起來，另仝汝大漢就會曉做米粉啊！」

「噢。」

「就叫汝莫一直噢，汝抑是咧噢，汝喔？」

「嘿嘿。」

阿青實在不知道如何回應阿爸的問題，他是會很認真看著阿爸的步驟，但將來他是不是也做米粉，時間還早，他自己都沒把握，又能怎樣回應阿爸呢？

「阿青，汝愛會記得，曝米粉上好的條件就是『三分日曝、七分風吹』。」

「阿爸，啥是『三分日曝、七分風吹』？」阿青真有疑問時還是會提出。

「這就是講好食的米粉毋是靠日頭曝出來的，七分是靠風吹乾的。」

「啊，是按呢喔，真奇怪。」

「因為咱新竹地形真特別，天氣卡乾燥，閣有真強的東北風，佇這種環境下做出來的米粉會真Q閣好食，炒起來袂脆了了，煮做米粉湯嘛袂爛糊糊。」

「原來是按呢喔！」

「到這汝才知。」

「呵呵，阿爸汝變怪老子啊喔？」

「呵呵……」

阿青每天看阿爸在屋後曬米粉，久了總會起錯覺，以為阿爸在曬白晰晰的被套。阿爸做的是比較粗的「水粉」，煮湯真是好吃，阿青很喜歡。

可是當阿青喝下何中彥帶到學校泡出來的勇伯米粉之後，突然發現那種細得像針線的米粉泡出來的湯頭也真是香。

現在可好了，何中彥限他星期天之前還錢。

阿青曾異想天開的跟何中彥說，「我拿我家的米粉還你好了。」

「我借你的是勇伯米粉，你如果要還米粉的話，就還我勇伯米粉。」

何中彥堅持如果還米粉只收勇伯米粉，阿青想想，那還不是一樣，他得拿著五元去柑仔店買一包勇伯米粉，那他遮遮掩掩吃勇伯米粉的事不就會曝光了？

算了，還是老實一點，想辦法還何中彥五元就是了。

◆

午餐後阿青負責洗碗善後，一切都處理完了之後，阿青嘟嘴幽幽吐了無聲息的氣，然後用力甩著手上殘餘水珠，卻也沒能將水珠甩成叮叮噹噹響。

從吃午飯開始，阿青的腦海就擬了一個計畫，這個計畫得無聲無息的進行。現在阿青環視這間和阿爸相依為命的土堝厝，發現從來沒察覺到它是這麼的安靜。

這一發現讓阿青很自然的便躡手躡腳了起來，他慢慢提起腳板再緩緩落下，兩隻手像浮游在空氣中一般的划動，阿青突然聯想起七月裡在隔壁阿旺伯家看電視轉播的美國太空人阿姆斯壯在月球上面走路那樣，於是阿青更加屏住氣息，就怕太大力呼吸，會讓自己失去控制到處亂飄。

阿青游走了半天，才划到他和阿爸睡覺的房門口，可他不敢多待一下下，他以為隔了一扇木板門，阿爸一樣能感覺他在門外。

阿青的腳底像黏上了小輪子，一下子就快速滑開了，一邊他想著阿爸還醒著嗎？於是他如壁虎一般貼著牆，慢慢再移回房門口，貼在牆壁的耳朵依稀聽見房裡隱隱約約發出細微聲音。這時阿青的眉愉快的挑了一下，雙唇也用力抿上一抿。

這應該是下手的大好時機。

雖是這樣想，但這畢竟是他從來沒做過的事，所以阿青還是猶豫躑躅好一會，硬是在房門口來來回回踅了好幾趟。

阿青再一次把耳朵貼在門上，這次聽到阿爸響雷般的鼾聲，更是放下心來。然後兩隻手軟綿似的推向門板，可是門板卻紋風不動。

阿青縮手回來，額上沁出一滴汗，他提起手臂抹去汗水，卻在手臂放下時因為動作太大，甩到了門板，門板砰的一聲，在阿青聽來有如敲響了銅鑼，慌得心臟怦怦跳，連他自己都聽得見那一聲聲擂鼓般的心跳聲了。

阿青踮著腳尖快閃到前廳，整個身體繃得硬梆梆的，他真是如阿爸平常指著他罵的「皮繃卡緊咧」那樣。時間好像過了好幾世紀，阿青覺得自己都快僵成一尊雕像，房裡連一絲風息都沒鑽出來，阿青的肩又慢慢鬆軟下來，自己拍拍胸脯，大大慶幸了一下，還好沒把阿爸吵醒。

阿青又走回房門口，沒聽見阿爸的鼾聲，阿青右腳還離著地沒實實踩下，提著老高的心還沒放下，房裡一聲「咻」像箭一般射向阿青，這回阿青沒被嚇著，反而咧嘴乾笑，他估量著阿爸的鼾聲即將像夏日午後雷陣雨那般接連發作了。

阿爸的鼾聲果然如阿青所料那樣再規律響起，可他的笑卻比半年沒得雨淋的田地更乾，並且還龜裂了一條大縫。

裂縫大得填不滿，巴不得有即時甘霖。

阿青判斷阿爸睡得正熟，這是個可以取得甘霖的好時機。阿青鼓起勇氣，雙手往門板輕輕一推，推出一個縫隙，阿青看見阿爸仰躺在通鋪上，胸腹隨著鼾聲上上下下波浪似的浮起落下，阿青看傻了，怎麼阿爸的睡相是這樣的？那他自己的呢？甚麼時候可以好好看看自己的睡相？阿青就這麼看了好半天，才猛然想起自己到底進來房間做甚麼。

這一想起，他可不願錯失這個好時機。

阿青瞥眼看見五斗櫃上的鐵罐，那是阿爸平時放零錢的罐子，阿爸常說「一仙五釐攏袂當失甲差」，這時想到這話，阿青心裡宛如被針微微刺到。

阿青不管心正痛著，依然輕手輕腳不出聲音的走向五斗櫃，探頭一看，發現鐵罐空空如也。

阿青有那麼幾秒鐘是失望的。

但失落的情緒眨眼間就消失，阿青想阿爸今天生意一定特好，一定都是收到鈔票，這個想法讓阿青又喜又慌，喜的是阿爸賺得多，慌的是他要從哪裡拿到零錢？

這一慌，阿青怪起自己來了。

誰讓他禁不起誘惑？誰讓他愛吃了？誰讓他沒錢還肖想吃勇伯米粉？誰讓他肖想吃勇伯米粉到向何中彥借勇伯米粉？

怎麼辦？

何中彥說明天一定得還他錢，不然他要來家裡「討債」。

阿青一急，膽子便大了起來，他摸向阿爸脫下來掛在牆上鐵釘上的長褲，阿青踮著腳跟，手伸進阿爸的褲袋裡，一摸正摸到一堆大大小小銅板，阿青心裡暗暗高興欠何中彥的五元就要有著落了。正在這時，阿爸一個翻身，左手「啪」的一聲，打在他睡著的通鋪上，這突如其來的響聲把阿青嚇得魂飛魄散，阿青有一秒是僵住，再來才慌慌張張抽手出來，趕緊蹲下縮在五斗櫃旁。

時間彷彿靜止了。

阿青憋著氣不敢用力呼吸，一直沒見阿爸下床鋪，阿青的心慢慢滑回原來的位置，他朝通鋪上的阿爸看去，這時他只看到阿爸的背，阿爸的背像一座山，可這座山正微微震動著，阿青在心裡祈禱，只要阿爸不是火山就好了。

正祈禱時，阿青看見一隻蚊子在他眼前飛來飛去，他實在很想出手打死這隻蚊子，可又害怕發出聲音吵醒阿爸，只能任牠如入無人之境囂張來去。阿青發現蚊子收下羽翅停在阿爸手臂，大剌剌的便往阿爸手臂叮去，阿青張口鼓著氣準備為阿爸消儲孽障，但一秒之後他便頹然消了氣，連剛剛弓起的身子也鬆弛了。阿青沒忘記自己正進行的計畫，為了不破壞這個最佳時機，他也只能眼睜睜看著那隻蚊子肆無忌憚的叮著阿爸，一口一口把阿爸的血都吸進牠肚子。

阿青歉疚了。

不但為他自己的貪吃，也為他正在進行的計畫，更為他袖手旁觀任由蚊子叮咬阿爸的不孝。

阿青揉揉眼睛，視線並未模糊，清楚看見蚊子吸飽喝足後朝窗外飛了出去，而阿爸依舊安穩睡著，沒少斤缺兩。

阿青無聲的站起來，方才持續幾秒的自責也隨著蚊子消失了。

這是個大好時機，阿青心裡不無竊喜，躡著腳向前走去，準備第二次出擊。

這次阿青很快就伸手進阿爸的褲袋，一陣摸索，憑著感覺自認摸到一枚五元硬幣，眼珠子賊兮兮骨碌一轉，便將手慢慢往後縮回來，才縮到阿爸口袋邊緣，阿青等不及睜大眼瞄了一下，果然是五元，阿青撇嘴默默笑了，心裡有著大功告成的快慰，右手快速抽出口袋。隨著阿青的動作，阿爸的褲子微微晃動了一下，褲袋裡的銅板似乎因為爭相推擠而有小小口角，阿青反手捏住阿爸的長褲，這才將可能引發戰爭的聲息平靜下來。

阿青簡直難以想像，計畫居然進行得如此順利，至此，因為手握了一枚五元硬幣，對於欠何中彥勇伯米粉的債務才整個放心下來。

有了右手掌這枚五元事情就好辦了。

阿青只顧高興，忘記還在房間裡，他急著要奔去何中彥家還錢，一個不小心，五元掉到地上，靜得嚇人的小空間裡，「咚咚咚」的聲音，簡直是廟埕前面野臺歌仔戲開戲的第一聲鑼。

「阿青，汝佇遐咧做啥？」

阿爸轉過身，雙眼雖惺忪卻是筆直看著阿青，阿青一驚慌，膝蓋一軟跌成跪在地上。

——本文於二〇一四年一月廿四至廿五日刊載於《金門日報》副刊

釀

四月初，青梅採摘後，人家送了一些給成漢，他帶回家要雙月釀梅酒，他說等梅酒釀成時候，要和雙月對飲。

雙月聽了，抬眼覷著成漢，他講得眉眼帶笑，她倒是想不透他。雙月是依照成漢的意思把青梅釀了，可她心裡很是清楚，酒呢，是要越陳才會越香，等到真是醇到她飲得舒暢時，怕是要好些年吧！

雙月的母親年年釀梅酒，年年拆封前一年的酒，總的前後才兩年。雙月被母親勸著淺嚐時，總無法醺然，梅酒的香氣似乎淡了些，反是青梅的澀味還殘餘著呢！母親怎麼也會著急開封飲酒？雙月忒是不解。

青梅才醃入甕裡，四月就已悄悄過半了。

也正是這時，素心的限時掛號寄送到家，雙月心裡自然有數，一定是素心申請大學的面試通知。女兒這青澀澀的年紀就要上大學了，時間真是快呀，快得就要抓不住她了。

素心的面試日期雖是在週六，但是成漢的工作忙碌，根本沒有時間送雙月母女前去。又因為是當天八點就開始，如果一早從高雄出發，得半夜就起身準備出發。雙月自己不願意如此，成漢也不許，他可不願雙月累著了，雙月就像是他收藏的塘瓷娃娃，不能有絲毫損傷。

「妳們就前一天去住飯店。」

「好啊，住飯店。」都已經高三的素心，說到住飯店，雀躍得像三歲小孩。

「當天早上搭四點的車也是可以的呀。」雙月說。

「這樣妳會太累了，不行。」
「媽，人家爸爸都說住飯店，我們就住飯店嘛。」
「就這樣決定了，我會訂好飯店，再把一些搭車的資訊列印出來給妳。」
「一定要這樣嗎？」
「嗯。」
雙月看著成漢堅毅的表情，那是不容置疑的，她知道他是全心護著她才會這麼做，但是雙月心底卻寧願成漢神經大條一些，對她不理不睬是最好的。
至少，她心裡的歉疚會減輕一些。

◆

和女兒搭乘計程車到火車站時，才十二點二十分，距離她們要搭乘的班次還有三十二分鐘。
雙月知道女兒不喜歡在車上進食，但是這一路搭到中壢也近五點了，中午沒吃怎行？還有點時間，就讓她在候車時吃點東西吧。
「素心，妳想吃點什麼？便當？麵包？」
「嗯，媽，妳要吃什麼？」
「我？還在想。」

「那我也想一下。」

說起素心這個女兒，是雙月的唯一寶貝女兒，從她出生雙月就全心照顧她，像是在補償什麼似的，隨時隨地戰戰兢兢，非常神經質的養育著這個有雙大眼睛的女兒。而素心也挺愛黏著媽媽，做什麼事都要媽媽陪在旁邊。

「選好了嗎？素心，快唷，不然來不及上火車。」

「喔，那我選兩個小籠包，媽媽，妳要什麼？」

「小姐，請給我們四個小籠包。」

素心又進飲料櫃去取了一瓶檸檬多多，她們就在站內的便利商店買了簡便午餐。上了手扶梯，進了月臺後，三十五分的莒光號還沒發車。雙月母女倆就在候車椅上吃著小籠包。

二號月臺的兩側各停了不一樣的車種，A側停的是三十六分往基隆的復興號，B側停的是電聯車，兩列列車都在準備啟動的狀態下，火車引擎的聲響大到讓雙月受不了，她因此幾乎聽不見素心的說話。

「媽，等一下在哪一邊上車？」

「什麼？那聲音太大，我聽不清楚。」

素心不得不小心拿著小籠包，傾身靠向雙月，眼睛還要騰出幾秒盯著小籠包看，生怕把湯汁滴到雙月身上。

「我們的自強號會停在哪一邊？」

雙月偏轉了一下頭，月臺的A、B側輪流瞧個不停，復興號比電聯車早九分鐘發車，自強號應該是停靠第二月臺的A側。

「應該是停在A側吧。」雙月不許自己做錯判斷。

「喔。」

雙月看著她這個快要滿十八歲的女兒，感覺到時間過得真快，也才在七月天將她生下來，怎麼一晃眼，那個嬰兒時期出奇乖巧的baby就要長大了。

唉，時間過得真是快呀。

「媽，自強號進站了。」

素心雀躍的聲音伴隨著轟隆轟隆的列車聲傳進雙月耳朵，她站起身來，拉著小型行李箱。

其實她原先打算揹個大背包就好，反正不過是兩天而已，這會兒又已近夏天，衣服都是薄衫，根本不占空間。但是成漢就不贊成，他說：「妳瘦，揹著背包，肩膀一定會很痛的，不行，還是拉個小型行李箱好了。」

「又不是出外去旅行，幹嘛拉個行李箱？」

「這樣不必費太大力氣，妳比較不辛苦。陪孩子去面試已經夠妳累了，就這樣決定好了。」

最後還是成漢的安排過關，雙月和素心都聽了他的建議。

為什麼要聽他的？從什麼時候開始雙月讓自己成了凡事聽憑成漢做主，自己成了完全失去主見的女人？

最近這一年？還是從結婚就是這樣的相處模式了？

總括來說，成漢是個好丈夫、好爸爸，他從不曾對雙月有任何不滿，即使是雙月總是那樣不冷不熱、溫溫的待他，他也是甘之如飴的承受下來。對待素心也是像疼寶物一樣的疼惜，雖然只是個女兒，但成漢也不曾要求雙月得為他生個男孩。

誰都說雙月真是幸福，嫁給成漢這麼一個新好男人。

可是雙月心裡真這麼想嗎？

她情願成漢不要對她這麼好，成漢對她這麼好，她反而心裡像壓著大大的石頭似的，幾乎要喘不過氣來，更別說要溫出對成漢的熱情。

雙月看看手中車票的座位號次，再看看窗邊的編號，找到後就要素心坐進裡側，「這裡，我們位置在這裡。」

「媽，這個怎麼辦？」素心拉著行李箱杵在座位邊。

「拉進去，趕快坐進去，好讓後面的人過啊。」

「喔。」素心依照雙月的話把行李箱拉著靠窗放，然後自己坐在靠窗位子。

母女倆都坐定後，也還不到發車時間，雙月把車票收進皮包裡，拉好裙襬，把椅背往後調，調到一個舒適的角度，然後靠著坐好。車子在這時竟悄無聲息的啟動了，雙月小小的驚嚇了一下。記得從前的火車要開動之前都會一次又一次的廣播，會提醒還沒上車的旅客趕快上車，順便也提醒送行的人快一點下車，免得火車開動後的跳車行為造成危險或遺憾。

雙月的記憶裡有一幕這樣的經驗，列車緩緩行駛後，那個許家展才匆匆跳下月臺，雙月的心簡直要跳出胸口了，雖然許家展終究是安全的在月臺上，但雙月還是在行駛的列車上直把頭往後扭，要看個清楚，好安了那顆心。所幸那人是平安無事的，但假期人多，上下火車就得耗費許多時間，送行的人再要擠出車箱更是難上加難。但總有那不忍心乘車的人拿太多行李，定要幫著拿上火車，再細語些時候，就這樣當然時間就緊迫了。可那一份甜蜜，雙月是明白的。

「怎麼沒廣播就開車，人家怎麼會知道？」

「不會有人搭錯車吧。」素心說。

但雙月的意思是，「列車沒廣播要發車了，如果有人是來送行的，一定來不及下車，不是就得跟著搭到下一個停靠站才能下車，再搭別的車子回來嗎？」

「有人這麼傻嗎？」素心不以為然。

誰會有這樣的機會？是故意，還是真的錯過下車時間？

「啊……」

雙月都還沒能好整以暇的欣賞兩旁風光，就被一陣尖銳的小女孩叫聲勾住。回頭一望，是斜後方座位上一對年輕夫妻，帶著一個兩三歲女孩。夫妻倆竟是陪著孩子玩成那樣。

「誰家孩子這麼沒教養，爸媽也不管管？」素心是新人類，有話她就說出口，幸好她也只是說給雙月聽聽而已，要她真的到那對夫妻面前嗆聲，她大概還是會給雙月留點面子。她畢竟是雙月生養的，她的言行舉止都代表雙月的管教，那是不能讓人有話說的。

「素心，不要這樣，那是顯示這家爸媽沒把孩子教好。從另一角度來看，這也正是給我們一個自我訓練的機會。」

「訓練什麼？他們很吵人呢。」

素心不以為然的說話聲併著那小孩尖銳叫聲傳遍整個第十車箱。

「臺灣人就是這樣，給外國人看笑話了。」

素心這麼說是因為這車箱裡有幾個外籍人士，人家怎麼看這一家三口，無視於公領域的寧靜，為所欲為的自私。

雙月知道素心對她的作法不以為然，素心會說雙月就是太阿Q了，凡事都逃避不看它，像一隻鴕鳥似的，然後就自我催眠的說是自我磨練。

難道不是一種磨練嗎？不然還能怎樣？和它對抗的結果，有可能什麼結果都不是，也有可能兩敗俱傷。那麼對抗還有用嗎？

素心雖是口裡念念，但對於這樣一個不尊重多數人權益的人，她也清楚和他們理論，極有可能只是秀才遇到兵有理說不清的情形出現，想想也就在不舒服中勉強自己閉目睡一覺。

小女孩玩玩笑笑，又是大聲說話、又是大聲尖叫，雙月都忍下來，完全沒情緒的忍著。

這車箱多數人也都有自己一套忍耐功夫，除了前頭座位有幾個人頻頻回頭找著聲音來源外，其他的人也就忍受下來了。

現在的人自我意識較高，這樣的情形可能會覺得被干擾了，心裡頭難免不是滋味，就像素心頻頻翹嘴，滿心不愉快。雙月想起以前搭乘火車，滿車箱都是人，擠得連轉個身都很難，那就更別談車箱裡雜七雜八的聲音。可能也是那時練出來這不放心上的功夫吧！

雙月在中部讀書時，每到假日就要回南部家裡，她習慣回到家的感覺，母親會準備她喜歡的食物，補她負笈在外的不足。

那時，如果是搭著北上列車，心裡頭會有一絲絲離家的難捨，這情形在離家一年後自然就沒了。再後來，北上和南下都是她熱切盼望的行程。

現在，她又坐在火車車箱裡，兩旁景物不停倒退，一切好像沒有變化，仍然是舊時模樣。

雙月一直都有搭車閱讀的習慣，這一趟車程近四個小時的車程，她當然是準備了一本書好打發車上時間。

雙月拿出小池真理子的《無伴奏》，翻到她在家已看到的頁數，讀了幾行，斜後方的小女孩又叫了起來，雙月沒了閱讀的情緒，索性將書闔起來，她也閉眼假寐。只是腦中影像一頁追著一頁，是素心兩三歲時候，就像斜後方那個女孩一般大，素心不愛哭，她愛笑，有事沒事都是咧嘴笑著，那模樣真是可愛極了。雙月自己疼她疼得不得了，成漢也是將素心當寶似的。

雙月總不明白，素心對這世界這麼不排斥，是因為從在她腹中就被期待了嗎？比起那些不受期待，甚且被放棄扼殺的小生命，素心算是幸福的，那麼她的笑是必然的。那麼，那些沒有選擇的就被未曾見過面的父母扼殺的小生命呢？他們對這世界是怎樣的感覺？難道會沒有感覺嗎？想到這個，雙月心裡隱隱然有一絲疼痛存在。

「喔，真討厭，怎麼還在吵？真想過去呼她一巴掌。」素心依舊是不能平靜下來，也許隔天的面試某種程度已夠讓她緊張，而現在又沒能好好安靜休息，脾氣於是一直往上升起。

「妳乖，不要受她干擾嘛，要練習境隨心轉。」

「媽，太深奧了。我沒那種功夫。」

「練習看看嘛。」

「我才不要練習，是要叫那一家人練習尊重別人啦。」

素心的音量明顯提高一些，雙月估量前後座的乘客都聽見了。

「噓，那麼大聲，人家都聽到了。」

「聽見就聽見，又怎樣？就是要人家知道那一家人多沒品。」

「妳現在這樣和他們又有哪裡不一樣了？」

「媽，妳就是這麼好性子啦。」素心的話裡有不認同。

列車停過臺南站又繼續往北開，小女孩一家人仍然在座位上，雙月已經做了最壞的打算，那就是這一路到中壢，都是得跟這樣的混亂共處。

混亂，她的生命裡不是沒有經歷過，她可以忍耐，但是素心，素心是她和成漢的寶貝，她不願意讓素心的生活混亂。

可是眼前，不也是某種程度的混亂嗎？

「唉，他們怎麼不下車？」素心說。

「別這樣，這是練修養的好時機。」

「全天下只有妳是這樣想，我沒妳那麼好性子。」素心對雙月的看法不以為然。

好性子嗎？我好性子嗎？雙月問著自己。

年輕的時候就是這樣的脾氣嗎？

曾經也有過一段和母親僵持的時候吧！那樣堅決的爭取自己所要的部分，是什麼樣的認定，讓自己願意賭上自己的一生？

雙月望著車窗外，火車快速的在鐵道上奔跑。有一段路可以看到公路，感覺上火車是和公路上的汽車並行的。雙月閃過一個念頭，那自己和誰並行？

這時手機響起鈴聲，雙月沒注意到，還是素心提醒她。

「媽，妳手機響了，一定是爸打來的。」

「喔。」雙月這才從手提袋裡取出手機，那號碼果然是成漢的手機號碼，雙月對素心展顏笑了笑，素心的表情現出「妳看，我說對了吧。」

「喂，嗯。」

「到哪裡了？」

「剛過臺南。」

「搭車的人多不多？」

「還好，不會很多，大家都有座位。」

「到了中壢，就在火車站外叫計程車過去飯店，知道嗎？別為了省那一點錢走路，會累壞的。」

「喔，我知道，好，到中壢要叫計程車，不要走路，我知道……」

雙月還在回答成漢的話，素心就湊過來倚著雙月的肩，對著手機說：「爸，你放心，有我在，不會讓媽受苦的啦。」

「妳自己都還是小孩，欠人家照顧，還要照顧媽媽？」成漢雖是這麼說，但語氣是甜蜜中帶著笑意的，連素心都聽得出來。

「至少我比媽媽大，所以我能照顧她。」

「妳比媽媽大？妳喔？」

「對啊，在你眼睛裡，媽媽永遠長不大，是你要保護的小娃娃。」

「呵呵呵。」成漢在手機那頭笑不攏嘴。

「嘻嘻嘻。」

素心在雙月肩上鬼靈精怪的笑著，她喜歡看到爸媽如此恩愛的畫面，她覺得她是天底下最幸福的小孩，新聞報導常會報導的家暴問題，或是單親家庭的苦難，或是離婚夫妻的反目成仇，或是父母忙於各人事業而疏忽子女，對她而言都是遙遠非她世界所發生的事。

素心覺得她的爸爸實在是宇宙無敵超級好男人，全天下應該找不出第二個男人像她爸爸這樣。雖然爸爸沒有幫媽媽做家事，但他幫媽媽找來了打掃家裡的清潔工，媽媽只要煮飯洗衣和照顧她就好了。有記憶以來，爸爸就像疼寶貝一樣的疼著媽媽，別說和媽媽吵架，就連對媽媽大聲說話都沒有過。素心還記得國一的公民課，老師問班上同學，「家裡爸爸媽媽從來不吵架的舉手。」

素心是那唯一舉手的一個，同學們都覺得不可思議，甚至有同學認為素心說謊，他們都不相信世界上有不爭吵的父母。

「哪有可能？潘素心妳少騙人了。」

「對嘛，家裡最會吵的通常都嘛是夫妻。」

「他們可能躲在房間裡吵，妳沒看到而已。」

「同學們安靜，我們聽聽潘素心怎麼說？潘素心妳說說看，妳父母相處的情形。」公民老師看似替素心解圍，其實也是抱著看笑話的心態。

「我真的從來沒看過我爸媽吵架，我爸媽說話都是很溫柔的，尤其我爸對我媽超好的，他們真的作到相敬如賓。」素心錯把「ㄅㄣ」念作「ㄅㄥ」。

「相敬如『ㄅㄥ』，哪個『ㄅㄥ』？是阿兵哥的『兵』？還是冷冰冰的『冰』？」素心的實話實說，仍然有人是嗤之以鼻，還引來全哄堂大笑。

「呵呵……哈哈……」

幸好同班裡有一位是素心的鄰居，她們彼此雖然不是很熟悉，但彼此都知道彼此的家。

「潘素心是我的鄰居，我可以為她作證，她爸媽都是溫和客氣的人，我從出生就住在那裡，從來都沒聽過她們家有吵架的聲音，反而是我比較不好意思，我們家常常吵得大小聲的。」楊鈺珊站起來為素心作證。

素心後來和鈺珊成了好朋友，也去過鈺珊家幾次，才發現鈺珊的爸爸真是粗魯，這也才知道原來不是所有的男人都像她爸爸一樣紳士。

「媽，爸爸對妳真好呢。」素心貼著雙月的臉頰。

「嗯。」

確實，成漢是對她好，關於這一點她無可挑剔。像成漢這樣一個學歷不差，事業又有成就的男人，他可以不必對家裡的妻子這麼好的，成漢為什麼要對她好呢？

成漢好像一直以來就這麼待她，婚前婚後一個樣，她生素心前和生素心之後，成漢是有改變，那改變是對她越來越好。好幾次她都想對成漢說，請他留點心力追尋他自己的幸福吧。

但是一個做妻子的人這樣對丈夫說，丈夫會怎麼想？

成漢到底是怎麼想的？對於她這個人，對於他們的婚姻。

第一次見到成漢是在什麼時候？在哪裡？

見到成漢，是在大學畢業那一年的冬天，父親在家裡請了人吃飯，卻是只請了一個人，那個人就是成漢。事後雙月才恍然大悟，父親是特意做那樣的安排。

那時雙月還在一種深沉的痛苦之中，她沒有辦法以青春面容來對待另一個男性，即便是父親射過嚴厲的目光，硬是要求她。

「雙月，潘先生是阿爸公司行銷部的經理，難得請伊來咱兜食飯，汝就愛代替阿爸好好款待人，好好盡一个做主人的角色。」

雙月兩眼空洞的直視成漢的方向，成漢當然是清楚雙月並不是注視他，一整晚兩人目光不曾有過交集。直到成漢回去之後，雙月的父親才開口訓了自己的女兒。

「雙月，汝按呢成啥款？潘經理來咱厝是人客，汝做主人的人就是這款招待嗎？話若是傳出去敢能聽得？咱李家佇這个所在嘛是有頭有面的。我真是予汝氣歹去。」

「雙月，這就是汝的毋對囉，汝阿爸是真正看重潘經理，汝至少嘛愛予汝阿爸留一點仔面子。」雙月母親附和父親說法，眼神裡滿是不諒解。

「攏是汝共伊寵歹去，這馬伊哪會知影愛替別人設想這个道理。」

替你們著想？那誰來替我著想？雙月心裡吶喊著。

「真不應該予汝去臺中讀冊，加讀幾年仔書，就干焦會佮我作對，早若知影予汝高中畢業就好。」

父親這說法讓雙月感到詫異，父親不是一向都標榜知識的重要嗎？那時那麼熱切的讓她去臺中念書，說是私立學校也沒關係，家裡可以負擔得起。怎麼現在變個說法了？

「雙月不是按呢的囡仔，是咱事先也無參雙月講清楚，咱請潘經理來厝內食飯的用意。」母親試圖為她辯解，但太慢了，一切都太慢了，雙月心裡這麼想。

當時雙月也不解母親的語意，父親這個餐敘的用意，到底是什麼？只是自始至終雙月都不回應，她沒什麼可回應的，她的生命是沒有價值的，是父親強迫她回到南部過這種她不喜歡的生活。她不在意人家怎麼說她，她是消極的反抗她的家庭。

然而，她再怎麼對抗，仍然敵不過父親的勢力，最後屈服的還是她。

現在呢？還在消極對抗家庭嗎？

成漢對她這麼好，需要對抗嗎？

「總算下車了。」素心回頭望了一眼，目送那吵了許久的一家三口。

「那妳就閉眼休息一下吧，或是妳要看看書，準備一些明天教授會問的題目？」

「媽，有點緊張呢。」

「放輕鬆，不過是一個面試嘛，過關了就去讀，沒過就再考指考囉。」

「像妳們以前那樣多好，就一次聯考就好，現在花樣好多唷。」

「欸？你們現在的孩子不是都喜歡這樣多元的入學方式嗎？」

「哪有？」

「不過可以活潑一點倒是不錯。」

「媽，妳跟我同學的媽都不同，她們的媽媽都恨死現在的多元入學方式，說多元就是多銀元多新臺幣啦。」

「呵呵呵……」這樣的比喻雙月聽來不禁發笑。

確實，對於家貧的孩子，一分一毫都是要計較的細節，在她讀書那個時代是如此，現在也是如此，未來恐怕更是如此。窮人家的孩子要翻身，一直都是很困難的。

然而不管日子如何難過，人的一生可能是讀書時代最是快樂了。

雙月想起她滿是甜蜜歡樂的大學時代，對照「無伴奏」一書裡的大學生與高中生，不正是相同的成長歷程嗎？

歲月匆匆而過，那樣快樂無憂的生活已滑出雙月生命軌道多少年了？書裡的女主角再回到那地是二十年後，景物全非，人事也早不是當時樣了。

火車越跑越快，時間好像也是越過越快，隨著年齡的增加，最近這幾年雙月也感覺到時間的腳步越跑越快，距離她的青春也越來越遠了。

風起的日子笑看落花
雪舞的時節舉杯向月
這樣的心情這樣的路我們一起走過

希望你能愛我到地老到天荒
希望你能陪我到海角到天涯
就算一切重來我也不會改變決定
我選擇了你你選擇了我　喔

我一定會愛你到地久到天長
我一定會陪你到海枯到石爛
就算回到從前　這仍是我唯一決定
我選擇了你　你選擇了我
這是我們的選擇

走過了春天走過秋天
送走了今天又是明天
一天又一天月月年年
我們的心不變

我一定會愛你到地久到天長
我一定會陪你到海枯到石爛
就算回到從前　這仍是我唯一決定
我選擇了你　你選擇了我
這是我們的選擇
我選擇了你　你選擇了我
這是我們的選擇

雙月偏愛唱這曲林子祥和葉倩文合唱的「選擇」，有次雙月百無聊賴時哼了出來，正巧成漢聽見了，成漢問她：「唱什麼歌？真好聽。」

「就那首『選擇』，你也喜歡啊？」

「是啊，妳唱得好聽。」成漢接著要雙月教他唱：「教我唱吧，我學會了，就能和妳一起對唱，這首不是男女對唱的歌嗎？」

「選擇」是一首男女對唱的歌沒錯，但雙月從來沒想過和成漢對唱，她也不曾想到成漢會開口要求她教他唱。這樣一首美好的歌曲，雙月自覺是教不出那份情韻。

「我不會教哪。」

「妳唱得這麼好。」

「會唱不見得會教啊。」雙月的聲波立即畫出成漢的失望，雙月有點兒過意不去，她趕緊再補上一句，「你可以常去KTV唱歌，常練習就會了，而且比起我教的好太多了。」

「是嗎？」成漢的失望稍微減少了些。

「真的，很多人都這樣練的。」

雙月自己說了後，又自問了一句，很多人都是這樣練的嗎？

許家展不擅長歌唱，他總是靜靜聽著，在他畫著鉛筆速描時。但唯獨這首「選擇」，他從聽著聽著，到和著和著，居然就會了。

許家展只會這一千零一首歌，卻是他愛不釋手的歌，他還特地準備一卷空白錄音帶，A、B兩面共一百二十分鐘，全部都是錄了「選擇」這首歌，其他再沒別的了。許家展把那卷特製錄音帶交給雙月，他要告訴雙月的正是，他的選擇就是這樣的選擇。

建築系的學生對於畫畫都有一手，但是油畫的顏料也是一筆開銷，許家展非必要不會消耗太快，可以的話，他就是以鉛筆素描做練習。山水靜物，都是他喜愛的臨摹素材。畫靜物就在宿舍裡，隨手就可取得；畫自然變化、遼闊草地、花草樹木，面積特大的校園，則是讓他隨時都有靈感。

許家展畫人物，是在雙月走進他的生活之後。

那時，單色的大學生活偶爾會以郊遊做調劑，只要不是開銷很大的活動，許家展還是會和班上同學一起聯誼。他們建築本系的女生人數極少，辦活動時就邀約同在一個城市的女子學院的學生了。

騎腳踏車遊霧峰林家花園，既健身又能展現英雄氣概，許家展班上不少男同學都參加了那次活動。他們邀約了女子學院外文系的女生，那些外文系的女孩多半活潑外向，只有少數幾個害羞安靜，李雙月是其中之一，她除了安靜之外，還多了一種不擅與人接近的疏離。

許家展對李雙月的第一印象便是如此。

雙月那種無法坦然自在與男生互動的舉止，絕不是刻意裝出來的，她真的就是那樣靦腆，但也是這點吸引許家展。另外是她雙月的名字十分特殊，什麼情況下她的父母想到為她取個如此特別的名字。

情意的滋生就如同發芽開苞的花朵，總在無意間悄無聲息的冒出頭了。許家展含帶一絲情意的目光，總隨著雙月的身影而移動。拙於與男生相處的雙月，是個十分敏感的女孩，對於時時跟著她移動的目光，她早早感應到，於是羞怯加乘了不自在。

許家展不像其他同學多少有藉著郊遊尋找戀人的企圖，他是完全沒有的，以往的活動是如此，這一次的活動也是如此。至於他對雙月，也只是很自然的情感流露，不是為追求而追求。所以他並沒有如其他同學在選定追求對象後便積極展開行動，或是在心儀女孩身邊亦步亦趨，或是製造一些話題引導談話，又或是團康遊戲時特意徵詢同組，總之可以有各式各樣的方式去進行男生的意圖。

許家展什麼都不做，只是眼神跟隨雙月，但他眼神的移動範圍也不大，因為雙月大部分是定點坐著，很少像她同學那樣，蝴蝶般的四處飛舞。

直到下午四點回程開始後，許家展腳踏車騎著騎著，就自動和雙月並行了。剛開始他們只是各自騎著，彼此默不作聲。直到大里一處紅燈停下時，許家展才開口說：「妳很安靜喔。」

雙月側過臉靜靜凝視許家展，沒有出聲，直到燈號換成綠燈他們要啟動前，雙月才拋給許家展嫣然的一笑。許家展還來不及反應，雙月腳踏車已經向前踩去，他只好急急追上去。

快踩了幾下，許家展就追上雙月，與她並駕齊驅。雙月既是易受驚嚇的小鹿，許家展便不蓄意讓氣氛異動，只要陪著雙月騎車，確定她是安全的，許家展就有最大快慰。

進入臺中市之後，路上往來的車輛多了起來，他們男生表現出男性體貼的風度，護送女孩子回到她們復興路上的校區，讓輕便郊遊劃下完美休止符。

許家展的同學有人已經約到晚餐的女伴，理所當然的是進行小團體活動，有兩三個女同學家就在臺中，便是直接要騎腳踏車回家，此時也必是有自願充當護花使者的男生出列。大致底定之後，剩下的男男女女紛紛各自要散去。

「李雙月，要不要一起去國光路夜市？」雙月的同學賴英子問她要否同去。

雙月沒多做思量就搖頭否決了，「噢，妳們去吧。」

賴英子和另兩位同學也就不做停留的轉身騎上腳踏車走了。雙月推著她的腳踏車就要進入校門，與她稍有距離的許家展，這時靠上去，用很輕很輕，只有雙月聽得到的音量問她，「要不要一起吃個麵？」

雙月停住腳步，就愣在校門牌樓下，她望著許家展，似在思考，又似是不知所措，久久沒有回應，也沒無禮的轉頭就走。

「不想也沒關係，但等一下妳餓了怎麼辦？」

「呃？」餓了怎麼辦？等一下會餓嗎？雙月又陷入思考當中。

「那……就再見了。」許家展口裡這麼說，動作上還未將腳踏車轉個方向。

市郊這個女子學院小巧的校門，來來去去的女同學，和在校外站崗的他校男同學，不時拋來注視的眼光，李雙月感到窘迫極了。她想解除這種不自在，卻又不知要如何去做。

「我……」李雙月突然開口了。

「走吧，我們吃麵去吧。」

「吃市場那裡三姐妹的麵就好了。」雙月說。

「好，哪裡都行，只要妳有吃就行。」許家展當然不知市場是哪裡的市場，重要的是她會吃下食物就好，今天在霧峰林家花園內並沒見到她吃下什麼。

「那你等我一下，我去把腳踏車停好。」

許家展望著雙月推車的背影，突然很想把李雙月每個角度的面貌都留下來，留在他的腦海中。

◆

之後許家展又和雙月去過幾次霧峰，他們除了去林家花園，還會去省議會，省議會那兒有一處荷花池，雙月喜歡，許家展更愛。

公車終點站就在省議會裡頭，他們倆從車站的起站搭到終點，有始有終。偶爾錯過到省議會的車班，就搭往光復新村的車子，光復新村又比省議會遠了些，他們只好在省道上就下車，再從省議會排樓下走入省議會。

許家展出身並不富裕，他們一起到省議會，通常都帶著簡單餐點和水壺，有時許家展的背包裡還會帶著素描簿和鉛筆，興致來時，他會幫雙月畫張素描。他那一雙手合該是畫畫的手，但是許家展說了，「畫畫賺不了幾個錢，吃不飽的。」

「將來不畫畫，你要做什麼呢？」雙月問他這話時，許家展剛升上大五，建築系得念五年才能畢業。

「學非所用囉，幸運一點，考個建築師執照，也還得要有case才行啊。」

雙月從沒想過生活有如此複雜，她從來就不需為吃穿傷神，但是看著許家展樣樣節省，事事想得深遠，她就心痛，若能夠，她多想他能有一個自在畫畫的未來。

可她還沒能織出一個美好的未來，就已被父親禁足在港都，只因一個新生命正在她腹中活動。

「我袂當予汝卸咱李家的面底皮。」父親當日的怒容雙月一直記著。

「予我嫁予許家展就袂卸李家的體面囉！」

「彼個散赤囝仔會當予汝啥物？」

「……」雙月說不出個所以然。

雙月偷偷撥過電話到許家展房東那兒，得到的消息卻是，許家展辦了休學回老家去了。那段時間雙月全無對策，她不信許家展如此狠心，不給她些許消息就棄她而去。或許是父親背著自己對家展做了什麼？這心思日日拂過心門，她恨起來了，咬著牙答應了父親為她選定的潘成漢，在她懷孕三個月後。

雙月想，父親既這樣狠心待她，她便無情回給父親的東床快婿。她要讓潘成漢知道，她心不在他身上，就連孩子他也只是撿了現成的便宜。

◆

「媽、媽，快到了。」

「噢。」回過神來，素心抓著雙月的手晃著。

「媽，你在想什麼？」素心貼住雙月上臂。

「沒想什麼。」雙月撫了撫素心的頭，「像妳現在正青春，真好。」

「妳也青春，媽。」

雙月抿著嘴笑得無奈，青春於她太遙遠了。列車已靠站，她們母女忙要下火車，都沒再說話。

出了中壢火車站沒走幾步，雙月的手機響了。

「一定是爸爸打來的。」素心睇了雙月一眼，「爸，對妳真好。」

雙月垂眼從手提包裡拿出手機，果然是成漢打來的，把手機貼住右耳，傳來成漢聲音，「到了吧？雙月，媽媽送來她去年釀的梅酒，等妳明天回來我們就開來喝。」

「……」

雙月想著，四月初自己釀下的青梅，要多久後開封呢？

——本文於二〇一三年十月廿八至卅一日刊載於《更生日報》副刊

尸去的鞋

夜涼如水。

猛然醒來的美貞，第一個浮現腦海的，竟是昨天剛學得的這句。

然後美貞覺得好笑，自己未免太專注於功課了。

清晨五時，天還灰撲撲，連太陽也懶得掀開眼皮看大地一眼，屋後雞籠裡的公雞大約也還在夢中，美貞並沒聽見公雞日日相同的尖聲啼叫「咕咕咕」。

冥冥中似有一股力量牽著美貞，一反常態，美貞沒再沉入眠夢的甬道。

甫一張開眼，美貞已然領教了秋末空氣裡暗藏了一夜的涼意，一個痙攣之後，連打了兩個噴嚏，她反射的伸手把褪到肚子上的被子往上拉起，再將被子夾在兩個腋下，彷彿這樣被子便不會伺機逃走。

美貞眼珠子在眼眶裡滴溜滴溜的轉，目光所及無一處不還是闃暗，忽的她問起自己，怎會這麼早就醒來？

百無聊賴之下，她一雙眼骨碌碌的打量起張掛在頭頂的蚊帳。

阿母囑咐睡覺張掛蚊帳，是為了避免被蚊子叮。她繼而撫著身上的薄被，聯想到蓋被子是害怕著涼，然後又想到被子下的身體穿了衣服，不需阿母提醒她也知要穿衣服，因為穿上衣服除了保暖，還有老師教過的「蔽體」。

美貞從衣服又想到了鞋子。

那麼，穿鞋子呢？

一想到鞋子，美貞腦子瞬間閃進一道光。

對了，就是這件事，自己才會這麼早醒來的啊！

美貞未再多想，立刻從通鋪上翻身坐起來，一不小心還壓到睡在一旁的妹妹美惠的手，美惠正好睡，嗯唷一聲，睡夢中抽回手臂，又忙著進入下一場夢境。

美貞霹靂啪啦下通鋪，套木屐，ㄍㄧㄍㄧㄎㄡㄎㄡ的掀了門簾再蹦跳著去推前廳木門，因為心急，動作太過粗魯，前廳的門閂叩叩叩的掉下地，灶間的阿母受到驚嚇，一隻鍋鏟沒拿穩，掉進正煎著菜脯蛋的大鍋裡，又是一陣鏗鏗鏘鏘，這下子把還在房裡睡覺的阿爸吵醒，阿爸人在床鋪上便開口罵人了。

「是咧衝啥小？七早八早大聲細聲……」

在灶間的阿母和在前廳的美貞彷彿約好似的兩人都沒敢出聲回應，然後美貞看見阿母提著鍋鏟躡手躡腳從灶間走出幾步，阿母右手食指比在嘴巴中間，示意美貞不要出聲，然後她耳朵貼在她和阿爸房間門板上，房門冷不防被阿爸從裡面拉開，阿母反應不及，給嚇得張了嘴像瞬間灌了水泥的泥人一般僵住不動。

「汝咧衝啥？」

美貞趁著阿爸瞪著阿母的那一剎那，門板一拉，和著木門細微的「咿歪」聲，拔腿跑出去。

「誰人？」

阿爸宏亮的的聲音隨後衝出廳門，卻沒把美貞追回來。

美貞跑得極快，就為了她那雙布鞋，那雙已經刷洗得起毛邊的布鞋，對她而言意義非凡。平日看著鞋，阿母泛著白絲的頭髮便也浮現眼前，連在灶前被熱氣逼得汗水一顆顆滾落的阿母的影像，也都活靈活現。

◆

家裡的經濟向來不好，但阿母總是疼愛美貞，剛要上小學一年級時，阿母給她買了膠鞋，阿爸為此還不高興。

「穿啥小鞋仔？阮卡早讀冊的時陣敢有鞋仔通穿？」

「汝講遐欲做啥？」阿母嘗試要阿爸別老回頭看，「彼時攏咧空襲，時機歹，無法度。」

「光復了後毋是仝款？真濟人講大陸來的阿兵哥穿草鞋、破鞋，按怎閣按怎，這十幾年來生活敢有過了卡好？」

「汝莫定定唸遮有的無的，咱兜佗一個囝仔毋是攏脫赤腳？」

「脫赤腳又閣是按怎？恁爸毋是仝款脫赤腳？」

「對啦對啦！」阿母隨口附和了阿爸後接下去說重點，「我是講阿貞仔就直欲讀小學啊，予伊穿鞋仔去學校嘛參人卡有比評。」

「比評？」阿爸從鼻裡噴氣，「汝是講脫赤腳袂看口麼？」

「我毋是按呢的意思。」阿母一直卑微向阿爸解釋：「啊嘛才一雙塑膠鞋仔。」

「塑膠鞋仔？」阿爸瞅了阿母和美貞一眼，不以為然哼道：「哼，我攏是穿這雙自我出世阮阿母就送予我的真皮鞋。」

才六歲的美貞聽到阿爸說到阿嬤送他一雙真皮皮鞋，倏地眼睛睜得比家裡耕田老牛的眼睛還大，小小腦袋想著阿母不過是幫她買一雙五塊錢的膠鞋，阿爸就這樣不高興，那他擁有一雙真皮的鞋，又該怎麼說？

「阿爸，阿嬤遮惜汝，買皮鞋予汝。」美貞噘著嘴酸酸說道。

「汝知啥小？」阿爸瞪了美貞一眼，「買鞋？」

「拄才，汝毋是講阿嬤送汝真皮的鞋？」

「嘎？」阿爸先是一愣，接著是一副欲哭無淚的表情，然後幾乎是搥胸頓足的說：「阿貞仔，汝是憨抑是調直？我講的真皮的鞋是這雙啦！」阿爸把其中一隻腳抬得老高，還故意上下擺動。

美貞憨憨的看著，阿爸到底在說甚麼，還把光溜溜的腳丫子抬那麼高，腳底厚厚一層土灰，之外就是皸裂了數十條縫的腳跟。

「按呢汝抑看無？」阿爸無奈的放下腳踩著地，再故意用力踩踏，「這是我自出世就帶來的真皮的鞋，汝煞想無？」

阿母在一旁比著她自己的腳，好半天美貞終於才弄懂，原來阿爸說的真皮皮鞋就是他那一雙腳。

「噗……」美貞笑了出來。

「唉……」阿爸深深嘆了一口氣。

沒錯，那些年美貞的記憶裡阿爸從沒穿過鞋。

阿爸總是光著腳丫下田耕作，夏天走過被熾熱的太陽曝曬得冒煙的泥路，阿爸沒喊過一聲燙；冬天田水冷吱吱，阿爸也沒喊過苦，不管天氣怎麼變化，一年四季他都是如常下田做著翻土、播種、插秧、除草、巡田水等農事。

那次的膠鞋，後來阿爸也沒再說甚麼，由著阿母發落。

美貞其實也明白阿爸為了一家生計的辛苦，所以能夠擁有一雙膠鞋的喜悅，大過於阿母為她買的是大一號的鞋，雖然穿起來不很合腳也不舒適，但美貞已經很快樂了，至少一天當中她有幾個小時是有穿鞋的，比起美惠只能光腳到處跑，自覺多了一些幸福。

剛開始，每走一步就掉一次鞋，美貞回頭看腳後跟和鞋子之間縫隙，簡直比村子前的小溪還要寬。二年級時有一次下大雨，放學經過每日都得來回兩次的溪流，溪水瞬間暴漲，碰巧在美貞走在木橋時漫上橋面，美貞一個慌張，心急著要快走，一不小心膠鞋脫落了。她蹲下去要撿鞋子，還是慢了半拍，鞋子在那須臾之間就被沖走。美貞又心慌又焦急，沿著溪邊追著鞋子跑，鞋子在湍急溪水中載浮載沉，美貞在岸邊載跳載奔，心一急，啜泣喊著：「鞋仔、鞋仔，汝轉來。」

彷彿呼喚失足溺斃的亡魂快快回轉，美貞一聲聲飽含淒厲。

那隻孤零零在水面上東倒西歪的膠鞋，路過的人都看見了，也都很清楚膠鞋凶險的命運，但大家也都明白，即使膠鞋是難得珍寶，也犯不著為它喪失了生命，於是紛紛開口勸她。

「查某囡仔，鞋仔撿未著囉，免閣追啊！」

「鞋仔閣買就有，生命干焦一條喔！」

胸前抱著另一隻鞋的美貞，還是不死心的跟著狂亂的溪水跑，直到完全失去膠鞋的影子，美貞才癱了似的一動也不動的望著狂亂奔馳的溪水，眼淚這才一滴接著一滴滾下來，不比頭頂上的雨小。

◆

失去膠鞋幸或不幸？

那之後，阿母不再幫美貞買膠鞋，阿母利用家事與農事之餘，蒸些草仔粿到市集去賣，用那些她賺來的錢幫美貞買布鞋。

買布鞋那天，阿母帶著美貞和美惠一起上街。

美貞試鞋的時候，阿母還是請老闆拿大一號的鞋子。

「阿母，莫閣買大一號的啦，我行路鞋仔會落去呢！」美貞想起隨著溪水不知去向的膠鞋胸口還是一陣緊。

「是啦，歐桑，鞋仔好穿卡要緊。」

「囡仔人的腳大真緊，大一號卡拄好啦！」

為了做成這筆生意，老闆當然不方便再說甚麼。

對於美貞而言，阿母為了幫她買鞋，除了得聽阿爸牢騷，更得忍受灶下蒸騰的熱氣，兩相比較，才大一號的布鞋又算得了甚麼，她相信總有方法解決的。

買鞋的時候，美惠也吵著要買，老闆也趁機不斷鼓吹。

「歐桑，這個細漢囡仔敢無愛順煞買一雙？」

「阿母人嘛欲一雙布鞋仔。」美惠也打蛇隨棍上。

阿母的花布小錢包揑得緊緊的，開了看，看了關，最後還是只買了美貞的布鞋。

「阿惠，等汝欲讀小學的時陣，阿貞這雙鞋就會當予汝啊。」

「噢。」美惠雖無奈，也只能這樣回應。

美貞在美惠回應的同時看了妹妹一眼，如果膠鞋沒被水沖走一隻，現在就可以給美惠穿了，只是美惠長得瘦小，手腳又細又小，膠鞋若是穿在美惠腳上，不就像左右各划了一艘小船？

「阿姊的腳遐大，人欲按怎穿？」美惠好像突然醒過來的嘟嘴抗議。

阿母低下頭去看，自己都覺得荒謬，不覺笑了，但阿母還是硬擠出一個說法。

「阿母會跍鞋仔頭塞布幼仔，按呢汝穿起來就袂落去啊！」

「嗄？塞布幼仔？按呢是啥物鞋啦？」

「抑毋是布鞋仔？」

「人無愛啦！」

「無愛？汝就脫赤腳去學校讀冊。」

阿母那個塞碎布的說法，教美貞大一號鞋的問題迎刃而解了。

回到家後，美貞還沒來得及跟阿母要碎布，便見阿母拿著粗的縫針和線，一針一針將布鞋後緣縫了起來。

「阿母，汝欲做啥？」

「縫鞋仔，按呢恁阿姊穿起來就拄拄好啊！」

「哈哈，生一個尾溜的鞋仔。」

儘管那樣的鞋被美惠取笑是「長了尾巴的鞋」，但至少穿起來是合腳的。那一陣子阿母再製過的布鞋穿在腳上十分舒適，美貞曾有那麼幾天暗自祈禱自己的腳板不要再長大，永遠這個尺寸就好，那她就可以永遠穿這雙布鞋。

後來美貞的腳長大了一些，擠在布鞋裡的腳趾常常痛得弓起來，阿母這才幫她把鞋後縫線拆了，布鞋便又再穿了一年。

小六畢業時，腳下那雙穿了兩年的黑布鞋，因為腳趾頭一直想鑽出去透氣，鞋頭被擠得已經略略開口笑了。美貞覺得不過是微微看見腳趾頭上的指甲邊緣，和班上李進財那雙看得見三隻腳趾的鞋相比，還是小巫。

美貞完全沒想過要換新鞋。

令人詫異的是，有一天阿母竟然心血來潮就說要幫美貞買新鞋。

「阿貞啊，熱天過了汝就欲讀國中啊，我看愛共汝買一雙新的鞋仔。」

「阿母……」實在太出乎美貞意料，一時不知如何回應，好半天才想到，腳上的鞋還沒壞到需要淘汰，她囁囁說道：「毋過這雙鞋抑會穿哩。」

阿母睇了美貞一眼，沒多說甚麼，然後慈愛的揉揉美貞那頭齊眉齊耳的頭髮。阿母的手一直都是在豬圈、雞籠、鴨寮和大灶之間輪轉，美貞從來沒料到粗枝大葉的阿母也有如此細膩的舉動，但也因阿母這個動作非比尋常讓美貞不知所措，整個人便像泥塑似的不會動彈。

更反常的是，去買鞋時，阿母竟主動跟老闆說：「頭家，請汝共阮看覓咧，這個囡仔愛穿幾號的鞋，共阮提抾仔好的號碼，是毋通提過頭大號的喔！」

「我知啦，鞋愛穿抾好合腳的，腳才袂痛。」

老闆看了看美貞的腳，回頭取來鞋子遞上來，阿母一接過就拉著美貞試鞋。

「阿貞啊，汝穿看有抾好麼？」

美貞越聽眼珠子瞪得越大，阿母今天到底怎麼了？

這是我的阿母嗎？怎麼一改往昔作風？

美貞心不在焉的試著鞋，阿母的手在她的腳板上摸來摸去，還頻頻稱好。

回家路上，美貞捧著布鞋，一顆心還是浮動不已。

「阿母，買拄好的鞋仔，真緊就穿袂落呢！」

「無要緊啦！」

「哪無愛買大一號的鞋？」

「汝直欲讀國中啊，毋是卡早細漢囡仔，愛予汝參人有比評，哪會當閣予汝穿彼款鞋仔後有尾溜的鞋，歹看啦！」

因為阿母這一番話，美貞發憤用功讀書，每次月考都保持前三名的成績。

◆

上了國中之後，美貞兩週洗一次白布鞋。

前天利用星期六下午沒課，用洗衣粉把鞋刷得晶亮，昨天老大也很賞臉的出了大太陽，整整一天半的曝曬，是夠乾的了。

可昨晚美貞忙著背英文單字，早已忘了洗好曬好的布鞋。

「阿貞仔，汝的白布鞋若無去提入來，暗暝是會凍著露水喔！」

晚飯後阿母在藤椅上補著阿爸的長褲，還特意停下縫補動作，提醒美貞。

美貞一向看重成績，學校裡的優秀表現，總是飛上阿母的唇角，綻開成一隻隻快樂飛舞的蝴蝶。村子裡人人見了阿母，總說她把孩子教得好，是成功的媽媽。

美貞一心想著要讓阿母更快樂，整個人沉浸在背誦英文單字，阿母剛剛那一番叮嚀一如蚊蚋觸體拂過，根本沒往心上停下。

後來，阿母也忘了再提醒美貞，美貞自己讀累了便熄燈上通鋪了。

「厚，暗時有露水是欲做啥？害人的鞋仔閣濕去啊啦！」

美貞蹲下地，看著那雙昨天睡前忘了收進屋裡的布鞋，鞋面上滿是水珠，不禁癟嘴埋怨起老天來了。

「昨暝叫汝愛記得收鞋仔，汝就無聽。」

「汝底時有叫我收鞋仔？」

「汝就顧背英語，阿母的話攏無聽到。」阿母雖是這般說道，可美貞看見阿母眼裡的慈愛。

阿母返身走進屋裡，美貞抓著自己裙角用力擦拭滿是露水的布鞋，美貞心知肚明，待會兒穿著這雙鞋在上學的路上走著，一定會像被鬼針草黏上裙褲那樣，整雙鞋都會糊上一片黃土。

唉，有甚麼辦法呢？今天也只能這樣了。

美貞悻悻然起身提著布鞋走回屋裡。

「咦？這是甚麼？」書桌上一個鞋盒，教美貞詫異。

「嘻嘻。」小學五年級的美惠早已不再瘦小。

「阿惠，妳笑甚麼？」

「唔……」美惠雖是搖頭，但眼睛裡有藏不住的笑意。

美貞打開鞋盒，一看，是一雙嶄新白布鞋，她看看美惠，這兩年美惠像吹氣一般，體型身高都快跟她一樣，常常有外地來向阿母買草仔粿的人，問過她們是不是雙胞胎。美貞想，大概是阿母為美惠買的新鞋吧！

「阿貞、阿惠，緊來食早頓。」

「噢，來啊。」美貞和美惠同時回應，並一起走進灶間，餐桌上已擺放四碗熱騰騰的稀飯，阿爸早她們姊妹一步坐下，端起稀飯扒將起來。

「阿貞哪，汝彼雙濕去的鞋仔今仔日莫穿。」

「嗄？」美貞想著那不是得赤腳上學，現時不比小學了，「按呢我……」

「恁書桌仔面頂毋是一雙新鞋仔？」

「遐……」

「遐恁阿爸講汝認真讀冊，月考考第一名，欲送汝的禮物啦！」

美貞端著碗的手僵在空中，她看看阿爸，阿爸依然扒著稀飯沒說甚麼，美貞碗裡稀飯的熱氣全蒸騰到她眼裡。

「妳看阿爸對妳多好。」美惠嘴裡含著稀飯說：「前天下午我去幫阿母收攤，回家路上阿母拐進鞋行買鞋，還叫我試鞋，我一直以為阿母是要買給我的，直到付完錢出了鞋行，阿母才說『這雙鞋仔是欲予恁阿姊的，汝是毋通提去穿喔！』我聽了就向阿母抗議，阿母又說『人遮是恁阿爸欲予恁阿姊的獎品，今仔日是拄仔好借汝的腳試穿爾爾。』阿母後來居然還說『若無，我叫阿貞仔將伊的舊鞋仔予汝。』我跟阿母說免了，舊鞋我自己也有。」

美惠說時雖感覺帶了酸味，可她語氣是輕鬆淘氣，一家人因此呵呵笑了。

「汝喔，若卡認真咧，像美貞仔按呢，我嘛會買新鞋仔予汝。」阿爸瞇眼笑說。

「是咩，汝若成績好，我佮恁阿爸敢會克虧汝。」阿母說著催她們快吃，「恁兩個緊食，好去讀冊。」

「多謝阿爸、阿母。」一顆水珠從美貞眼角滑下，可她心裡暖烘烘的。

——本文於二〇一三年十月廿三至廿五日刊載於《人間福報》副刊

失去的枝仔冰

清明剛過，天氣就趕不及要一熱過一天。

秀真在學校裡才稍微動一下，頸子後面就像爬滿水蛇似的，刺刺癢癢，黏黏膩膩。秀真時不時要歪著頭夾著肩，或是挪高肩頭轉著，在那些磨磨蹭蹭裡消散一些脖子上癢絲絲的不舒服感。好不容易等到太陽要下山了，才有那麼一絲風來的涼爽感覺，這也到了將要放學的時候。上了一整天的課，秀真巴不得工友看錯時間，提早一些時間打鐘。

平常秀真會在降完旗回到教室後，在其他同學還在東拉西扯的時候，用最快的速度把抽屜裡所有課本文具收進書包，再衝到她所屬的回家路隊定點。

通常她都是第一個。

雖然秀真拔得了頭籌，但是路隊人數沒到齊就是不能出隊，秀真心裡急得彷如燙著了的螞蟻，不停地扭動身體，不停地唉唉嘆嘆。

「張秀真，你急什麼？」

「唉呀，你不懂啦！」

「你又沒說，誰知道你急什麼？」

「我……」

秀真一點都沒想說她在著急什麼，她知道同學不會懂的，如果說出來，他們可能還會嘲笑她，油桐樹上的白花有什麼好看？也許還會像大弟看見鬼似的鬼吼，「侯，我欲共阿母講，汝規身軀攏是白花，抑毋是咱兜死人啊。」

秀真真想不透，滿山滿野的桐花，不是白得很漂亮？

好不容易挨到路隊人數到齊，老師揮手表示可以離開，秀真跨出的步子大到後面的同學得小跑步才跟得上。

「走那麼快幹什麼？」

「張秀真，慢一點啦！」

同學要求速度放慢的聲波一陣一陣傳來，秀真仍然急急趕路，愛玩的男生他們蹦跳著追趕，手腳慢的，像是班上的嬌嬌女吳惠玲就氣喘吁吁了。

「趕什麼啦？」有人抱怨。

「張秀真要趕著去投胎啦！」嘴賤的男生吐出讓秀真不高興的話，半轉過身子狠瞪了一眼，幾個男生勾肩嘻嘻笑著，秀真不理會他們，轉過去繼續趕路。

秀真張大眼睛看向家裡後方那座小山，好像已經看到有幾棵樹的樹頂綴著小小白白的花，心裡一喜悅，腳步跨得更大了。邊走邊想，自己從出生就住在這個三義和銅鑼交界的地方，以前卻是從來沒發現離住家不遠的山巒，有開小白花的樹。第一次是怕被媽媽修理跑到樹林裡去躲，一陣風飄過，樹上紛紛飄落白色小花，綴在秀真頭髮、身上，這讓她忘記媽媽氣得七竅生煙的模樣，瞇著眼幻想自己就是個白雪公主。

灰姑娘怎麼樣也變不成白雪公主。

天黑後，哥哥找來了拉著她回家，不需說，回家後還是被媽媽狠狠鞭了一頓。

「汝亦敢走去後山賞花？汝料準汝是千金小姐啊？」

「好啊啦，汝莫按呢拍伊，秀真嘛是真乖的囡仔。」是阿爸攔著阿母，秀真的腿才沒被打出斑馬線。

就是那次阿爸告訴秀真，後山開白花的樹是油桐，花的壽命不長。沒過多久，秀真果然發現，一如阿爸說的，油桐樹的小白花沒能有長時間的美麗，很容易因為風吹雨打就掉落了。

◆

燠熱的夏日夜晚，地面冒著宛如蒸籠蒸肉包所散放出來的熱氣，薰得人額上也不斷冒出汗珠。吃過晚飯，薄薄的的黑紗一層一層撒下，熱氣這才一點一滴的被隔離。

秀真和哥哥文哲各占著桌子的一邊，在六十燭光的燈泡下，埋頭努力寫著功課。

「好熱噢！」文哲停下筆，右手在自己臉上抹了一把。

「不專心。」秀真抬起頭看了文哲一眼，說了一句。

「我就不信妳不熱？」文哲略抬起四十度的臉透露不以為然。

「人家我們老師說，心靜自然涼。」

「涼妳個頭啦，現在吃一枝枝仔冰才會涼快啦。」

客廳裡一架老舊不堪的電風扇轉著比老牛拉車還要慢速，乏力旋轉時還會不時ㄍㄚㄍㄚ的叫著，彷彿抗議主人過度操勞它了。

秀真回眸看一眼屋角的阿爸，沒電風扇可吹的阿爸，只得不停揮著手上的扇子。阿母則是早把大弟小弟都哄進房裡睡覺了，秀真就不知道，阿母那句至理名言「睡著就不知道熱。」是不是真有效力？

秀真也知道哥哥的話沒錯，買枝冰棒來消暑氣是最好不過的，只是沒錢，也只能嘴巴上說說而已。

這個晚上阿爸莫名的一直燥熱起來，湊巧聽見文哲說了句「吃一枝冰棒才會涼快」的話，猛然一想，有多久沒讓孩子吃冰了。

「秀真，汝來。」

「噢。」

「這五角拿去買一枝枝仔冰，參恁阿兄兩个人分著吃。」阿爸汗涔涔的手伸進垮垮的褲袋裡，從褲袋裡摸出一個五角銅板遞給秀真。

「呃？」不但秀真愣住了，就連角落做功課的文哲也抬起頭來覷著阿爸。。

「去啊，天氣遮爾熱，去買一枝枝仔冰來吃，涼一咧。」

「噢。」

秀真握著那枚五角錢，興沖沖跑了一小段路，去到路口的柑仔店，路上還想著，阿爸真好，等一下枝仔冰該讓阿爸吃半枝。

秀真站在柑仔店門口，低著頭看著霧濛濛的冷凍櫃，一下子看看手中的五角錢，一下子愣著腦袋沉思著。

「我喜歡紅豆冰棒，哥哥喜歡汽水口味，阿爸喜歡牛奶的香氣，但是只能買一枝，買哪一種口味好呢？」

「如果我有三個硬幣，就可以各買一枝了。」

秀真微仰著頭幻想著，低下頭來看一眼手中的硬幣，還是只能買一枝冰的五角錢而已。

「查某囡仔，買枝仔冰喔？汝欲佮一種口味？」

老闆娘在店裡盯著秀真半天了，看她在店門外躑躅再三，想買又下不了手，一下子伸手想推開冷凍櫃，一下子手又無力的垂下身體旁邊發愣，該不會只是看看過過乾癮的吧？

被老闆娘這麼一喊的秀真，抬起頭慌張膽怯地看著老闆娘，結結巴巴說道：「我……欲買……」秀真頓了一下，用力吞下口水，然後果決地說，「牛奶的。」

秀真用那枚五角錢換了一枝牛奶枝仔冰，從老闆娘手上接過以後，看著枝仔冰心裡也彈起快樂旋律。秀真小心翼翼，帶著淺淺笑意，全神貫注地盯著那枝牛奶枝仔冰，像捧著珍奇異寶似的，一隻手緊緊握著冰棍，一隻手在枝仔冰下方作出托著的樣子，快步向家的方向走去。

走著走著，秀真開始擔心起來，枝仔冰會不會在半路發生狀況？扭扭肩，用肩頭擦去沿著耳朵滴下來的汗，回頭再看一眼柑仔店，再轉回來看見手上軟綿綿的枝仔冰，忽然想到柑仔店那臺冷凍櫃會不會不夠冷？

秀真腦子裡快速轉過這個念頭，腳下也加快速度，無論如何是不能讓枝仔冰在半路就融化了！秀真沒想到牛奶枝仔冰還是沒法撐下去，沒聲沒響就垮下半枝，掉落泥地上，秀真連半秒反應的時間也沒，只有眼睜睜地看著枝仔冰瞬間崩解。

秀真腦內轟然一聲，怎麼會這樣？少了半枝冰了，怎麼辦？

秀真又懊惱又自責又難過又不捨，她真捨不得融在地上的半枝冰，那是五角的一半，兩角半呢！沒作多想秀真就蹲了下去，她唯一想到的是，要怎麼把那半枝枝仔冰救回來？

她想挽回在她眼前逐漸化成一灘水的半枝冰，低頭躑躅了片刻。這時，再看到手上拿著的殘餘枝仔冰，突然有所領悟，如果再耽擱一下，說不定連剩下的這半枝也會不保。

平白無故丟失了兩角半，真教秀真心疼得搥胸頓足，這時一個危機意識興起，繼續在這裡耗下去，阿爸辛苦賺回來的五角，可能就會在自己的手上白白的蒸發掉了。

怎麼可以？

這個想法改變了秀真的作法，她趕緊三步併作五步地，以最快速度衝回家。

「阿爸，汝緊吃，枝仔冰真緊會融去。」秀真一進門來不及順個氣，匆忙就把枝仔冰遞給阿爸。

阿爸接過手僵了片刻，不忍拒絕秀真，舔了一口，然後喚著文哲，「來，文哲，汝吃一寡，會記得賭一寡予秀真喔。」文哲旋風似的來到跟前，立刻接過阿爸手上的枝仔冰。

「才睹遮愛閣留予伊喔？」文哲一口就把軟得像綿絮的半枝枝仔冰都含住，「秀真佇半路已經吃掉半枝啊。」

「哪有？」秀真無端被哥哥誣賴，氣得兩頰灌足了風一般鼓鼓的。

「胡亂講，秀真袂按呢做。」阿爸慈愛的眼神，給了秀真穩定的力量。

看著哥哥吃冰的滿足神情，秀真頻頻吞嚥口水，再想到掉在半路上的半枝冰，不也像是被她吃掉一樣嗎？她伸出舌頭舔舔嘴唇，卻是舔到鹹絲絲的味道。

「天氣遮爾熱，枝仔冰提出冷凍櫃，真緊就會融去，彼半枝是落佇半路啊吧？秀真。」

秀真睜大眼睛看著阿爸，阿爸好了不起，阿爸沒跟她去買枝仔冰，竟然也知道枝仔冰在半路就融掉半枝。秀真有被了解的輕鬆感覺，於是把半枝枝仔冰掉在路上的情形敘述一遍，阿爸聽得出來秀真的心疼不捨。

「秀真，枝仔冰融去就融去，無要緊啦！」阿爸安慰秀真。

「哪是無要緊？兩角半呢！」

「憨囡仔，錢閣賺就有。」

「不過，阿爸賺錢遮爾辛苦……我卻……」秀真說著都快哽咽了。

「秀真啊，阿爸賺錢就是欲用佇厝內，是欲予恁用的，閣卡辛苦嘛是有價值的，喔，對啊，秀真，恁學校最近敢有愛繳啥物錢？」

「嗯……」秀真想到剛剛耗損了兩角半的家產，暫時不想跟阿爸說遠足的費用，「無啦！」抬起頭來，迎上的是哥哥不解的眼神。

「有汝愛講喔，阿爸會想辦法的。」

「噢。」

秀真看著阿爸眼睛散放柔和的光，和她幾次跑去樹林裡看到的桐花一樣，沒有雜染。

秀真領頭走得快，吳惠玲一慌張絆到了石頭，兩個膝蓋齊齊跪在泥路上，吳惠玲仆倒時啊了一聲，前頭幾個同學本能的回過頭，一看，不由分說七嘴八舌了起來。

「慢一點啦！」有人叫著。

「張秀真、張秀真，你停停。」有人氣急敗壞喊住秀真。

「做什麼啦？」秀真的腳跟在泥地上拉起一層灰，用力甩動兩隻手臂，十分不耐煩。

「吳惠玲摔倒了，你慘了。」

秀真回過頭，果然從層層圍住的同學腳的間隙，看見跪倒在地的吳惠玲，頭也低垂得像在叩首似的，那樣子和阿母去城隍廟拜城隍爺沒兩樣。

「張秀真，你該糟了。」

「關我什麼事？」

「誰教你走那麼快？吳惠玲跟不上才會跌倒。」

同路隊的男同學只顧你一言我一句的指責秀真，卻沒人上前去扶起吳惠玲。

「嗚嗚……」

「吳惠玲哭了。」

「俟，張秀真，吳惠玲媽媽會來找老師。」

「對，她媽媽會跟老師說你欺負她，你死定了。」

「張秀真，這下子會被老師修理得慘兮兮了。」

幾個同學躲著哭泣的吳惠玲像躲瘟神一樣，越閃越遠乾脆直接跑走了，他們邊跑還邊恐嚇秀真。

秀真記得上學期吳惠玲的媽媽來過學校一次，她從窗戶看出去，走廊上老師客客氣氣的跟吳惠玲媽媽說話，秀真還看見老師向吳惠玲媽媽鞠躬。後來老師進到教室，開始處罰幾個常捉弄吳惠玲的男生。

吳惠玲還跪在地上哭，秀真不知道該怎麼辦，再一次抬頭看天，卻被那詭異的天象震懾得踉蹌了一下。

怎會有這樣的雲？紅得太過火了，像要把天燒掉似的。

秀真不敢再多看一眼，提起腳跟就要跨步離去，頭一低看見吳惠玲就在眼前，心裡翻起一陣浪濤。

我如果把吳惠玲丟在這裡，她也許會被壞人帶走，或是被野狗咬了，她的爸媽一定會很難過，明天上學我也一定會被老師修理得金爍爍。可是如果陪她回家，不就不打自招，明白說了是我害她摔倒？

怎麼辦？秀真還拿不定主意，跌跪地上的吳惠玲還是嚶嚶哭著，就像每一次被男生捉弄時那樣。

「嗚嗚……」

你只會哭還會什麼？秀真瞅了吳惠玲頭上那頂橘色學生帽一眼，暗自發了牢騷。

「吳惠玲，不要哭了，我陪你回家。」秀真豁出去了，反正時到時擔當，無米才煮番薯湯。她把書包推到背後，人就蹲在吳惠玲面前，書包裡空的便當不預警發出「匡噹」一聲，秀真像安撫小弟弟似的，背過右手去拍了書包一下。

「……」吳惠玲真的停止哭泣，抬起頭看著秀真，秀真從吳惠玲蒙上一層水霧的黑眼珠，讀到感謝。

秀真帶著狐疑扶起吳惠玲，幫她拍掉書包和裙子上的泥土，看見了她兩個膝蓋都擦破皮，正滲著點點血跡，這讓秀真不知所措，只好又抬眼看天，剛剛的火燒雲不見了，整個天空是紅澄澄的一片，好像城隍廟金爐裡燒得火旺的紙錢，秀真不由得擔心起來，燒紅的天會不會把油桐也燒得焦紅，然後開不出雪一樣的白花？

「我陪你回家。」秀真對吳惠玲不無抱歉，帶著贖罪心情說了，「你剛剛摔倒一定很痛，書包我幫你揹。」秀真不由得嚥了一下口水。

「謝謝。」吳惠玲兩手抬起斜揹的書包時，書包肩帶把她那兩條麻花辮子勾纏了一下，她還得騰出一隻手去整理。

「不謝啦！」接過吳惠玲的書包，秀真順手就套上右肩，現在她是左右兩肩各了揹一個書包，那感覺有點像兩肩纏上了揹巾揹著小弟一樣，沉重得很。

秀真有點難受，不經意又一次抬頭望天，這次她看見的是柔和的滿天紅霞，這讓秀真想起阿爸那張臉。阿爸整天在外頭奔波，叫賣阿母親手製作的醬菜，常常黃昏回家時，下山的太陽好像迷路一般貼在阿爸的臉一起回家了。

阿爸現在在哪裡呢？沿街叫賣到哪一條街了？阿爸有沒有敲過吳惠玲家的門？

今天阿爸的生意好嗎？明天要繳暑假作業的錢，我什麼時候開口？向誰開口？阿爸？還是阿母？

秀真其實不喜歡向阿母要錢，阿母總是抱怨日子不好過，抱怨阿爸賺回來的錢太少。面對阿母的牢騷，阿爸總是帶著無奈的語氣說：「我就是無讀啥冊，袂當吃卡好的頭路，無才調做卡大的生理，加賺一寡錢，予汝參囝仔過卡好一點的生活，這是我無才情。若是可以，我嘛想欲予汝踮厝內清閒顧囝仔就好。」

只要阿爸這麼一說，阿母就會甜甜笑了，「我知啦，我知啦。」

只要阿母笑了，阿爸就會接著往下強調，「所以，咱就算卡艱苦一寡，嘛愛予囝仔加讀一寡冊，啥米錢攏會使省，囝仔讀冊的錢絕對袂當省。」

阿爸的話總是讓秀真就算在十二月的冷天，也心頭暖呼呼。

如果不是要陪摔倒的吳惠玲回家，秀真才不管天空的紅雲怎麼變，她一定是膠鞋下抹了油一般，盡快滑回家去。她要比阿爸早一步到家，就會在阿爸回來時，幫著把阿爸腳踏車後座木箱裡的醬菜搬進屋裡。

有時空蕩蕩的屋子讓她感到孤單，她索性背對著家門，抬頭看向西天，望著一吋一吋西斜的夕陽發呆，直到巷子口那棵老榕樹拽在地上的影子拉得好長好長，還像長了腳似的直往秀真竄跑過來，在她快被地上那一大片黑影淹沒時，才突然恢復意識清醒過來。

然後秀真會在屋外搭建的簡陋廚房，手腳麻俐的淘米、洗米、起火、煮飯。低著頭在火爐裡加添木炭的秀真，只要眼尾餘光瞥見廚房外的地上印出一個又瘦又長的人影，她就知道是阿爸回來了。秀真蹲著的身體向後傾斜三十度，頭一伸，看見的正是在屋外停放腳踏車的阿爸，心裡便會禁不住出泉一般湧起一股喜悅。

阿爸回來了真好，秀真喜歡和阿爸相處，阿爸會稱讚她，也會主動問她學校裡老師教了什麼，或是她和同學之間發生了什麼事。而更讓秀真愉快的是，學校要收的錢，只要跟阿爸說，阿爸總是沒第二句話，他都是一臉平靜地說：「喔，我知影啊，我會想辦法。」

秀真就知道，有阿爸一切就搞定了。

阿爸說會想辦法，他就真的會想辦法。不會像阿母給的回答千篇一律都是，「去共恁老師講，講咱兜無錢，無愛買啦。」

「共恁老師講，講咱真散赤，無愛參加。」

每當阿母這麼發牢騷的時候，秀真的心就像汲水桶直直落入水井一般，沉到底還聽得見水桶濺起的水聲。儘管秀真也知道家裡的狀況是捉襟見肘，但是學校該收的費用，她還是不能不交啊。

如果能夠，她也很想像吳惠玲那樣，在老師宣布後的隔天早上就把錢交給老師。

雖然有時阿爸答應之後也會拖上好幾天，讓學校老師催了再催，但是不管秀真回家跟阿爸再講幾遍，阿爸一樣不會皺眉不高興，他說的還是那句：「我會想辦法的。」

最後，該交的錢，阿爸都有讓秀真帶到學校交給老師，比起沒有了爸爸，放學後又得幫媽媽做生意，還交不出錢的李月裡，秀真覺得自己還算是幸福的。

想到有阿爸是幸福的事，回到家沒人的空虛感就會像溜滑梯一般，很快就溜掉了。

◆

「張秀真，你真好，我要跟我媽媽說。」

「呃？」秀真轉過去看吳惠玲，橘色學生帽下的那張臉真是白皙，有點像百貨行裡賣的洋娃娃，感覺假假的。

「呃……都是因為我走太快，你才……」秀真垂下頭，看著自己腳上那雙膠鞋裹滿泥土，根本看不出它原來的白色，當她瞥向吳惠玲的黑皮鞋，發現一樣也沾了不少泥土。

「才不是咧，是我自己絆到石頭才跌倒的。」

「呃？」吳惠玲的說法教秀真瞠目結舌，她不是大小姐嗎？怎麼會承認是自己的錯？她定睛再看吳惠玲，只見吳惠玲閃閃發亮的黑眼珠對她笑，那會笑的黑眼珠和阿母藏在櫃子裡的金戒指，有相同的光澤。

吳惠玲的家離學校算是不遠，是一間四周有庭院，又有高高圍牆圍住的日本宿舍。秀真每天上下學都會經過，但從來都沒想過有一天會進到吳惠玲家。

吳惠玲拍她家大門的樣子，讓秀真想起歌仔戲裡「手無縛雞之力」的書生，想到歌仔戲，秀真就想起阿爸帶她去過新竹城隍廟前看過歌仔戲，還帶她到廟埕的阿城號小吃攤，吃了新竹的名產貢丸湯和炒米粉。阿爸說外地來的人都要買新竹米粉和貢丸，那天也買了一些回家。

秀真愣愣看著吳惠玲軟弱無力的手，終於明白原來吳惠玲是身體虛弱，不是嬌貴大小姐。

「有人在家嗎？」秀真代替吳惠玲拍門，拍得木板門啪啪作響。

「媽、媽。」吳惠玲的聲音和她的人一樣很虛。

「什麼人啊？」

她們都聽見大門裡，有人急忙開門，再聽到木屐ㄑㄧㄑㄧㄎㄧㄚㄎㄧㄚ由遠而近，然後就是木門咿咿呀呀的往後拉開，探出一個燙了鬈髮的太太，頭秀真還來不及反應，吳惠玲已經一腳跨過門檻，貼向來人「媽……」

「惠玲，你怎麼了？」

木門外的秀真渾身不自在，她不知道吳惠玲往下會怎樣跟她媽媽說，心一急，忙把掛在她身上的吳惠玲書包拿起來，匆忙間把自己齊眉齊耳的頭髮撥亂得像瘋女。

「吳惠玲，你的書包。」秀真兩手捧著遞上前，兩隻腳已經做了跑走的準備。

「你是……」

「媽，她是我的同學張秀真，她人好好，我跌倒了，她扶我起來、陪我回來，還幫我揹書包。」吳惠玲貼在她媽媽肚子上說道，也沒要伸手接書包，反而是她媽媽伸手來拿，順道把秀真拉進她家花園，「張秀真喔，真是謝謝你呢！」

秀真驚了一下，吳媽媽會對她怎樣？她很緊張，轉頭想要趕快回家，可是吳媽媽已經把門關上，手還被吳媽媽抓著呢。

疑慮才一下下，她就被吳媽媽的聲音收服了。吳媽媽國語說得很標準，秀真覺得吳媽媽好像是收音機裡的人。

吳惠玲的家是日本式的建築，除了四周有庭院，進了主屋還得上個玄關，才算真正進入室內。秀真喜歡屋子裡的溫馨，尤其是吳惠玲媽媽親切的招呼吃水果、餅乾。

「秀真，來來，吃點西瓜，這裡還有惠玲爸爸在新竹新復珍餅店買回來的竹塹餅，很好吃，不要客氣喔。」

「噢，多謝歐巴桑。」秀真看著那不斷滲出水份的西瓜，心裡油然生出的羨慕，就像不停溢出來的西瓜汁一樣。

拿起一塊竹塹餅的手頹然又放下，秀真想起兩個弟弟一定沒有吃過這種新竹有名的餅。

「怎麼了？秀真。」吳媽媽輕聲問著，秀真掙扎著要不要說出自己剛剛的想法，終究還是說了，「我弟弟沒吃過竹塹餅，我想帶回去給弟弟吃。」

「你真是個好姊姊。」吳媽媽拍了拍秀真的手，轉身拿了個紙袋裝進兩塊竹塹餅，遞給秀真，「這你回家時順便帶回去給弟弟吃。」

「……」秀真不敢接下。

「來，收下沒關係。」吳媽媽應把裝了竹塹餅的紙袋塞到秀真手上。

「謝謝。」秀真抬起屁股半是站起來的鞠了個躬。

「真乖。」

吳媽媽又進廚房了，秀真看著吳媽媽背影，真替弟弟感到高興，吳媽媽這麼好的人，應該讓弟弟也認識。

「來，一人一枝冰棒。」吳媽媽又拿一種點心出來，秀真看著吳媽媽手上的冰棒，那她沒看過的冰棒。

秀真好半天沒伸手向前去取，吳媽媽又說了，「你吃看看，歐巴桑自己弄的喔！」吳媽媽那個「歐巴桑」發音怪怪的。

原來吳媽媽這麼厲害，還會自己製作冰棒。那是種圓圓一個一根手指長、五角銅板粗的鐵容器，中間是一個鐵製的扁冰棍，可以讓手握著方便吃冰。

「張秀真，你吃看看，真的很好吃喔，我們家冰箱結的呢！」

冰箱？真好，家裡有錢，什麼都能買，我們家只有阿爸裝醬菜的木箱，秀真垂下頭來心裡一陣酸。

「秀真，你怎麼了？」

「呃，沒有。」秀真抬起頭來，眼睛裡蒙上了一層霧氣。

「來，這枝冰棒給你，你看我們家惠玲嘴真饞，等不及要吃了。」吳媽媽把冰棒圓筒塞進秀真手裡。

「媽……」吳惠玲嘛著嘴向媽媽撒嬌。

吳惠玲只是抗議的出個聲，隨即將注意力轉到手上的冰棒，只見她俐落的掀起冰棒盒的上蓋，再左轉右轉，很快的就輕鬆拔出了冰棒，一看是乳白色的冰棒，立刻興奮說道：「噢，太好了，是我最愛吃的牛奶冰呢！秀真妳也趕快吃嘛！」

秀真盯著吳惠玲手上那枝圓冰棒，小巧玲瓏可愛，和一般柑仔店賣的長條狀的枝仔冰很不一樣。再看到吳惠玲舔得那麼起勁，想必牛奶的滋味一定是很棒的，如果阿爸能吃到，該有多好！

秀真嚥下一口口水，掙扎著要不要在這裡就把甜美的滋味獨吞了。

「張秀真，妳快把冰棒拉出來吃嘛，不然它會融化喔！」

「融化？」

「對，不快吃，它就會融化，變回牛奶喔！」

「變回牛奶？」

秀真對這一切完全沒有概念，但她知道如果自己不拉出冰棒，就算融化成牛奶，也還在小小圓圓的冰筒裡，沒吃到冰，也還能喝到牛奶。想到這兒，秀真不禁抿嘴笑了笑，因為她有了一個想法。

「張秀真，你不吃冰，在笑什麼？」

「我……」秀真用力抿了抿嘴唇卻說了：「我想把這枝冰帶回去給我阿爸吃。」說完她再加問一句，「可不可以？」

秀真雖是說得很小聲，但是廚房裡的吳媽媽還是聽到了，從廚房探出頭看著長得瘦小的秀真，進門後一直道歉，說是因為她，惠玲才會摔倒，連自己為惠玲處理破皮傷口，她也一副感同身受痛徹心扉的樣子，現在還要把冰帶回去給爸爸，真是個乖孩子。

「秀真哪，你真乖真孝順，這枝你先吃，等一下要回家時，我再讓你帶幾枝回去。」吳媽媽忍不住開口稱讚了秀真。

「嗄？」秀真受寵若驚，拿冰棒的手愣在空中。

「張秀真，快吃啦，不然它真的要融成牛奶了啦！」

吳惠玲一再催促，秀真這才拉出冰棒，舔著舔著就整枝含進嘴裡，牛奶的滑潤和香氣在嘴裡流動，她覺得自己真幸福，正享受著世界上最好吃的枝仔冰。乳白色的冰棒，讓秀真再一次聯想起白雪公主，啊，如果是在桐花樹下吃牛奶冰，更是白雪公主了。

「阿爸、阿爸……」秀真歡喜蹦跳在回家的路上，手上一袋竹塹餅，一袋連著小圓冰筒的牛奶冰。

遠遠望去，家門前圍了不少人，夾雜在那群人腳邊的是，宛如落了滿地的桐花一片茫茫的白。秀真心裡陡的起了異樣感覺，怎麼家門前那片白，和之前在屋後山坡看到的桐花白不一樣，反而給人一種怵目驚心。

秀真心頭拂起許多問號，腳下加快速度，連帶一路狂喊，「阿爸……」

「秀真，跪著爬回家。」文哲紅著眼眶半路攔下秀真。

「為什麼？」

「阿爸去後村賣醬菜，腳踏車摔下山坡，撞到油桐……」

秀真順著哥哥指向屋前的手看去，這次她看見一張白布，瞬間恍然大悟，隨即甩開手上的袋子，冰棒被這一甩，咚咚咚地滾到路旁。

秀真仆倒在地，嚎啕大哭地匍匐前進。

「阿爸、阿爸……」

——本文於二〇一三年四月一至四日刊載於《更生日報》副刊

如如阿祖

「南無阿彌陀佛，南無阿彌陀佛，南無阿彌陀佛……」

阿祖一聲佛號之後，就撥一粒念珠，阿蓮盯著阿祖看，瞇著眼的阿祖，一粒佛珠都沒漏掉，一長串一百零八粒念珠都撥完，阿祖才將桌面上的火柴棒移一根至另一側。然後又繼續一聲聲念著「南無阿彌陀佛，南無阿彌陀佛，南無阿彌陀佛……」

每天阿蓮看到阿祖的時候，阿祖幾乎都是在念佛，阿祖好像沒別的事可做，除了念佛這事。時間對阿祖來說一點都不重要，不，應該說是靜止的。

阿蓮實在弄不清楚，阿祖的人生，難道只在那一聲聲佛號中嗎？

◆

吃過午飯後，時間好像就停止了。

亮得發白的陽光，跨過二樓前頭窄窄的陽臺，大方的跳進二樓這間阿祖專用小佛堂，有一部分還射向供桌上那尊菩薩的臉。

阿祖念完佛號進到她和阿蓮共住的房間，躺下床阿蓮才搥了幾下腿後阿祖便睡著了。阿蓮不睏，精神還十足，頭一回無意中看到，先是一驚，怎麼阿祖才進房裡去，釋迦牟尼佛的面目就看不清楚了？愣頭想半晌，再看個仔細，才恍然大悟，也就這一想通，阿蓮忍竣不住的要笑出來。

佛桌上的菩薩，好像也有逃不開的事！

阿蓮強忍著笑，不敢放肆笑出來，佛祖那雙眼雖是被強光照射得瞇眼似的，可她知道那是有神的眼啊！另一方面，阿蓮是害怕自己一笑，吵醒一牆之隔午睡中的阿祖。

剛剛在房裡幫阿祖搥腿，看著後腦勺綰著一個髻的阿祖在她眼前沉沉睡去，才伸展了盤坐過久，有些痠痲的雙腳，一拐一拐躡手躡腳的走到這廳堂。

這個時段最無聊不過了，阿蓮趴在陽臺的女兒牆往下望去，整條街空蕩蕩，靜得教人害怕，害怕掉個銅板什麼的，那大概會像打天空掉下個什麼大鼎那樣驚天動地吧？

阿蓮靜靜看著，從街頭到街尾，沒看到半個人影，三輪車則是集體停靠在街角電線桿旁，車伕們就靠坐在平時乘客坐的座位，斗笠蓋在臉上打著盹兒。

真沒意思，這樣安靜的午後時間，對面那些酒家女呢？還沒上班嗎？阿蓮伸長脖子往外看，酒家的門也都關得緊緊的沒一絲絲縫隙。

到底幾點了？阿蓮回頭看一眼壁上的鐘，鐘擺滴答滴答擺動著，她慢慢算，終於算出是一點四十分。

嗄？才一點多。會不會鐘又慢了？那些酒家女什麼時候才來上班？她們也要午睡嗎？一連串的疑問閃過阿蓮腦際，但她也沒有答案。

阿蓮的目光從街頭掃到街尾，再由街尾掃向街頭，來來回回，卻是一個人影也掃不出來。阿蓮再把目光射向對面，高掛在對面二樓外牆上的看板，由上而下大大五個字「夢中夢酒家」。

夢中夢？什麼是夢中夢？

晚上招牌邊上閃爍不定的小燈，是夢中的夢嗎？誰的夢中會再有夢？

阿蓮想起有時晚上要睡覺前，偷偷溜到這個小陽臺，看著街道對面酒家走廊上，摟摟抱抱的酒女和酒客，不是相扶著要進酒家，就是搖晃著要上三輪車。阿蓮不知道自己為什麼喜歡看這樣的場景，好像是有一點點羨慕，羨慕酒女可以打扮得花枝招展。

「阿祖，對面遐的小姐攏穿足媠呢！」阿蓮曾經問過阿祖。

「妝媠媠有啥路用？亦袂當食咧，無效啦！」

阿祖說這話的時候是邊撥念珠邊說，阿蓮心想阿祖長年一身唐衫，夏天是白色短袖麻布衫，冬天就棉質黑衣黑褲。阿祖的世界非黑即白，平日除了拜佛念經吃素之外，最常做的事是去寺院裡禮佛，和去蓮友家裡坐坐。阿祖可能是老古板的人，她根本不懂穿著亮麗時髦衣裳有多耀眼。

「阿祖，遐的小姐又閣是穿甲媠噹噹，又閣是坐三輪車，怎講無好？」

「憨查某囡仔，穿媠坐三輪車是欲做啥？伊們攏是賺吃查某。」

「賺吃查某？阿祖，啥物是賺吃查某？」

「啊……就是來酒家上班出勤的查某。」

「那按呢阮阿母逐日嘛是愛去上班，是按怎阮阿母沒抹媠媠、穿媠媠咧？」

「三八阿蓮，恁阿母是佇政府單位上班，若是穿甲親像酒家查某彼款是會予人愛笑。」

阿蓮雖然不太能明白阿祖的意思，但面對阿祖，她也不敢多問。

倒是阿祖覺得該趁此機會好好開導阿蓮，要不然孩子受這種燈紅酒綠、紙醉金迷的影響，是會一天天加深。自己住的屋子是老宅，誰知道對面的房子一翻新，就蓋出一排連棟三層樓房，一連開了兩三間酒家，而這家夢中夢好死不死正在自己住宅對向。

「阿蓮，汝毋通規日閒閒就欲看向對面，正經代誌愛做，冊愛認真讀、字愛好好寫，將來食一個好頭路，嫁一個好翁，汝毋通定定欲看向彼邊去，想想遐的有孔無損的代誌做啥？進出酒家的人，毋管是查埔抑是查某攏嘛真了然，遐的開酒家的頭家閣卡僥倖失德，是愛負因果的。」阿祖說完這一串話，還兀自對供桌上的佛像恭恭敬敬的鞠躬，誦了一聲佛號「阿彌陀佛」。

阿蓮睜著慧黠大眼睛，她真是不明白，為什麼在酒家進出的男男女女，阿祖的評價是這樣的「不高」？

在她的認知裡，「了然」是絕頂的沒用呢！

此刻，阿蓮再多看幾眼夢中夢的招牌，在亮晃晃的白天裡，少了招牌四周跑馬似不停轉動的霓虹燈，感覺好像也少了一點夢幻。

「阿蓮啊，汝咧做啥？」阿祖突如其來的呼喊，教阿蓮震了 下。

「喔，無啦！」

「我怎毋知汝閣咧看對面的酒家，緊來參阿祖做伙睏。」

阿蓮不敢再貪看陽臺外的世界，她趕緊跨進阿祖的房間，躺下身靜靜偎著阿祖。阿蓮覺得很奇怪，剛才那一顆浮動向外的心，在靠在阿祖身邊後，好像有一隻看不見的大手，快速將它撫平，正一點一滴的沉靜下來。

阿祖轉過身來輕輕撫了阿蓮的頭，開口又說了。

「阿蓮，汝這陣猶少歲，真濟世間代誌猶毋知，毋通予表面的虛花騙去。咱做人愛知足，毋通一山看過一山，穿媠媠抹媠媠欲做啥？外表無實在，心卡重要。古早人有講『心頭掠予在，毋驚樹尾做風颱』，按怎予咱的心安靜，無受外境影響，這就是汝去學校讀冊愛學的，汝知麼？阿蓮，咱啥款身分，就做啥款代誌。」

「嗯。」

阿蓮讓阿祖挲得通體舒暢，早忘了夢中夢的酒國現象，可是阿祖逮住機會，還想傳授一部她經年累月修得的智慧之經呢！

「阿蓮啊，汝毋通看遐的酒家女穿媠媠抹媠媠就欣羨，伊們去做彼種工作，嘛是不得已的，若毋是厝內欠用，或者是愛還債，誰人會予家己的查某囝去賺這種甘苦錢咧……」

阿蓮已沉沉睡去，阿祖憐惜地撫著阿蓮的臉，「憨囡仔啊！」

次日晚間八點多，阿祖正做著晚課，阿蓮早已進房等著和阿祖一起睡覺。忽然間從屋外傳來一陣咒罵吵鬧聲，這之間夾雜了男人粗野的咆哮，和女人斷斷續續的尖叫啜泣聲，阿蓮禁不住好奇心，立即跑到小陽臺看熱鬧。

是從對面夢中夢酒家的走廊傳來，阿蓮看到一個男人粗魯地拉著一個酒女，說拉是客氣，那酒女其實是被男人拖著，而且還一路把她拖到酒家門前的三輪車邊。男人的身邊簇擁著幾個男人，他們一直鼓動拉人的男人。

「老大，免對伊客氣，無予你面子嘛！」

「是啊，予伊好看一咧。」

「這愛稍共教示一咧。」

「……」

同時間也有幾個酒女又是勸又是拉又是想擠上前去隔開他們，其中一位年齡大一點的酒女乾脆靠到那位老大身上。

「陳桑，莫按呢啦，按呢歹看啦，入內店內坐，我陪汝啉，看欲啉偌濟，攏算我的啦，來啦……」

「幹，閃啦，恁爸袂爽啦！」

「唉唷，陳桑，莫按呢嘛，汝大人有大量啦，來啦，算我請啦……」

「恁娘咧，汝叫是恁爸是啥角色？著愛予汝請？」粗暴男人咆哮一陣，又回頭扯著小酒女，「汝共恁爸看斟酌，陪酒就愛像瑪莉按呢，做酒店查某閣想欲假大架，按呢就免來賺囉，行，入內去，恁爸就毋信汝敢毋陪恁爸啉酒……」

「好啦，好啦，陳桑，莫受氣啦！豔秋，行，共陳桑回一咧失禮，咱好好陪陳桑啉幾杯，知影莫？」老酒女向小酒女使個眼色。

阿蓮瞪著大眼睛看著昏暗中閃爍五彩燈光下的酒客酒女拉扯劇，心底深處慢慢浮起一股氣，她氣酒客的粗暴，也氣小酒女的無用，更氣一旁圍觀的人沒人打抱不平去報警。

這些人怎麼可以這樣呢？

阿蓮突然想到阿祖，她回頭一看八仙桌旁的阿祖微閉著眼，不受外面嘈雜聲音的干擾，她一樣一聲佛號一粒念珠的撥動著。外面明明吵翻天，整條街都是圍觀群眾，阿蓮知道一定也有一些人像她一樣在自家的陽臺上看好戲，可是阿祖為什麼都不會想湊過來看熱鬧？為什麼？

阿蓮一會兒轉身看看阿祖會不會出來陽臺出聲營救小酒女，一會兒轉身為那個小酒女叫屈。

但是阿祖依然事不關己的如如不動。

阿蓮著急了，看一眼牆上大幅佛陀畫像，祂不是要人發揮慈悲心嗎？那阿祖的慈悲心呢？如果念佛念到不管他人死活，這是佛祖的本意嗎？

阿蓮越想越悶，越悶越急，越急越亂，心一亂脫口就說出：「阿祖，彼邊有人冤家相拍，汝哪毋來叫伊們恬恬？」

阿祖的眼皮依然垂著，阿蓮的聲音彷彿也被隔離在外似的。阿蓮不明白到底阿祖聽見了沒？會不會是阿祖念佛念得入定了？

阿蓮再近向前，再說一遍。

「阿祖，對面彼間夢中夢……」

「阿蓮啊，一人一款命，遐是彼個查某的命，隨人的業隨人盡，汝知麼？一切攏是因果啦，憨囡仔。」阿祖打斷阿蓮的話。

阿祖繼續她的課誦進度，直到念完，不疾不徐地收拾火柴棒和念珠，然後再牽著阿蓮入臥房。阿蓮掙扎著要向外去，「阿祖，彼個酒家女真可憐呢，予查埔拖咧，汝去共伊救啦！」

「憨阿蓮，汝心肝軟是好代誌，毋過世間是五花十色，而且汝猶細漢，袂當瞭解，慢慢汝就知囉。」

「阿祖……」

「世間是苦海，人人有家己的苦愛食，伊若注定要食三碗苦，誰也無法度代替伊食，萬項攏愛家己承受，總有一天苦盡甘來，到彼陣就解脫囉！」

「阿祖……」

「阿蓮，好啊，緊睏，莫閣想遐的。」

阿祖說什麼，阿蓮似懂非懂，她只是關心剛才看到那個受欺負的酒女，可是阿祖卻強要她睡覺，阿蓮翻來覆去，腦門還是十分清醒。

她真的不懂，阿祖怎麼有辦法不受影響？

——本文於二〇一二年四月廿五日刊載於《金門日報》副刊

醉臥

明天是阿月大喜的日子。

走出家門的幸春心情一則歡喜一則惋歎，混雜的愉快和鬱卒，在幸春臉上打了結。

家裡要辦阿月的喜事，面對著親朋好友，幸春也是表現出歡喜神情，可他那顆心的最底層，就是有那麼一點點針刺的微細痛感，在這些天不定時折磨著他。沒事時一切都好，但是發作起來簡直就像千根針萬根針一齊刺向他心窩，教幸春坐也不是立也不是躺也不是，渾身都不對勁了。

細心一點的朋友，從幸春臉龐上的僵化笑容，就察覺得出幸春是有心事的，像吳添壽就會關懷地問起，「幸春，汝面仔憂憂，是佗位毋爽快？」

幸春一聽，為著自己不小心洩露心事而吃驚，趕緊出口否認，「哪有佗位艱苦？無啦！汝莫黑白講。」

「我哪有黑白講，汝面皮寫甲遐清楚，我亦毋是青盲，敢會看無？是講汝人若毋爽快就愛緊去看醫生，毋通拖喔！」

「都真正無佗位無爽快，汝怎一直講我毋爽快？身體是汝的抑是我的？我家己敢會毋知影？」

「對啦，身體是汝的，所以汝家己著愛顧。恁厝是直欲辦喜事啊，汝這個丈人爸是毋通破病呢！」

「我知啦，多謝汝，添壽兄。」

吳添壽一句「恁厝直欲辦喜事」，本意是提醒幸春要多注意保重自己，可在幸春聽來無疑是吳添壽往他心頭再加放一顆大石頭，把他壓得氣更不順了。

幸春大大的吐了一口氣，吐了之後才想到萬一不巧被人看到，又要被人拿來做文章，那就不好了。幸春左看看右望望，幸好除了已經走遠只看到一丁點背影的吳添壽，再也沒看到半個人影，這才放心下來，一放鬆，又是吐出長長一口氣。

幸春控制不住自己，忍不住就想要吐氣，好像他身體裡面有一口井，正在噴出源源不絕的天然氣。

會不是腹肚內有火氣，一股無法宣洩的火氣，所以生病了？

但是幸春又會想，他身體的每一個器官每一個部位都正常運作著，沒有哪裡出血或是有傷口，也沒有哪一處會疼痛，就連感冒會有的發燒咳嗽也都沒有，這樣怎會是生病了？

這段日子幸春整個人就是懨懨的，尤其越接近阿月的婚期，幸春越是提不起精神。這樣需要去看醫生嗎？醫生真有那麼厲害，能藉著聽診器就聽出藏在心底的那一絲絲遺憾嗎？

遺憾？幸春想著不禁苦笑。

昨天姑媽專程從後庄來送禮，才對他說過「幸春仔，汝好命囉！囝仔攏大漢啊，汝佮阿綢嘛無啥遺憾啊！」

「是啦，是啦！」阿綢回應得極為自然，對她來說，孩子一個個拉拔大了，還真的是沒什麼遺憾了。

「阿姑卡好命啦！」當著阿綢的面，幸春也不便多說些什麼，但他也不是像阿綢那樣老實不客氣的回應。

有沒有遺憾，只有他自己心裡最清楚。

早先，他是滿意自己的人生，完整的家庭，又有自己的血脈。後來，是幸春阿娘過世了，進福開始不認真讀書，一天到晚瘋著玩，幸春罵也不能，打也被阿綢怨，心裡才開始有那一絲絲遺憾生出來。

幸春第一次鞭打進福時，他那恨鐵不成鋼的心淌著血，可惜進福還年幼無法體會，而阿綢卻又一味的護著進福。

「汝是欲共伊拍死嗎？伊是汝的囝呢！」

「我煞毋知伊是我的囝，就是我的囝才愛教示。」

「囝仔是牽教，毋是用拍用壓的，有啥物話汝好好仔講，進福仔伊聽有啦。」

「聽有？我講過真濟擺啊，教伊愛學伊阿兄彼款，打拚讀冊，後擺才考會條國立大學，伊敢有咧聽？」

「伊有聽啊，對麼？進福。」阿綢這麼說，進福當然隨著她的話點頭，並應了聲，「嗯，我攏有聽。」

「有聽？有聽，考試閣會不及格？」

「嘛才差一分。」縮在牆角邊的進福仗勢有阿綢的庇護，斜著眼對幸春說話。但也因這句不長進的話，讓幸春肚裡才消下一半的氣又轟然燒成烈焰，「這款話汝亦敢講出來？」幸春拿起竹掃帚作勢就要打下去，阿綢立即挺身過來護著進福，幸春無奈的垂下手，嘆了一口氣，「汝看這個囝仔，讀無好家己閣毋知愛反省，汝閣為伊，唉……」

那件事之後，兩年來又發生幾次類似的狀況，都在阿綢的挺身護子之下不了了之。再後來，想到要好好教訓進福，幸春就有點意興闌珊，遺憾就是從那時慢慢滋生出來的。

◆

自從阿月的婚期定了之後，家裡陸陸續續都有來道喜送禮的親友，賀客盈門，阿綢總是笑不攏嘴。

「阿綢仔，恭喜喔，恁阿月仔欲嫁人啊！」

「多謝啦！」

「汝出頭天囉，阿綢，總算共兩个囝仔攏飼大漢啊！」

「是啊，總算攏飼大漢啊！」

「汝欲好命啊啦，阿綢，汝兩個囝仔攏有才情，汝後擺有倨靠，恭喜喔！」

這些對話宛如荒郊野外暗藏著的鬼針草，當幸春走過時，它無聲無息地便扎上他的心。

阿綢眉開眼笑的接受各方道喜，看在幸春的眼裡，是一陣甜一陣酸。阿綢以後的生活是不用煩惱了，阿月雖然是女兒，但她從小就懂事又孝順。再說阿綢以後也不一定會麻煩到阿月，阿月的弟弟阿松也已經大學三年級，再過一年畢了業當完兵很快就會去工作，阿綢是不怕沒人奉養的。

至於他幸春，他的進福今年才剛考進私立高職，要等到進福長大成人還有得等呢！而且依照眼前情形來看，往後進福別讓他操心就很阿彌陀佛了，他哪敢指望進福能讓他有好日子過？

幸春因為心裡異樣而衍生細小到不易察覺的變化，阿綢忙著與來來去去的賀客寒暄，忙著享受大家的讚嘆，她完全沒心神也沒空閒留意到這些。

幸春想，有一個阿月這樣的孩子，阿綢當然是要高興的。阿月是伊的第一個孩子，從小就懂事，除了幫著阿綢顧攤做生意，又是照顧弟弟又是做家事的，讀書方面更不需要阿綢操心。而且阿月也很爭氣，一路也讀到大學畢業，考試進鎮公所上班，下班後或放假時一樣會幫忙阿綢的生意。現在講了一門好親事，可以風風光光讓阿月嫁出去，阿綢會那麼高興也是人之常情。

但越是為阿綢母女感到人生圓滿，幸春便越多一分失落，他自己的人生呢？

阿綢雖然是他的妻子，阿月便也算是他的女兒，但他的人生因此就能圓滿了嗎？他從來沒有年老時要依賴阿月和阿松兩姊弟的想法，因為他也有自己的骨肉啊！

這些年來撫養阿綢的兩個孩子和他自己的進福，幸春是一樣的態度和心情，從沒偏心對自己親生兒子好一些，進福因此有時還要抗議呢。

「阿爸對阿姊　阿兄攏卡好。」

「哪有？」幸春自認雖是把阿月、阿松看作是自己的骨肉，但也沒有疏忽他的進福。

「汝攏袂去罵阿姊、阿兄，逐遍攏是罵我，阿姊、阿兄做的代誌攏是對的，我做的代誌逐項攏無好。」

進福眼神裡的不甘願教幸春看了心疼也心驚，進福怎懂得他這個阿爸是阿松的後叔，在教育兩個兒子時的分寸拿捏可是要大大的費神，何況阿松還真是不需他太費心思，反倒是進福常要讓老父傷透腦筋。

但是，現在來來去去送禮的朋友，卻一再強調這一路都是阿綢的辛苦，總算將孩子撫養長大，過去受的苦也都值得。

過去受的苦都值得，幸春心裡也如此替阿綢高興，但是他心裡的酸楚，阿綢感受到了沒？他真想讓阿綢瞭解。

「阿綢……」

「啥物代誌？」

「阿綢，咱進福……」

「進福是按怎?伊毋是佇三樓尾頂飼粉鳥?」

「伊是去咧飼粉鳥，啊我是講……」幸春其實也沒把握能把話說清楚，乾脆就放棄了，「啊無啦無啦，煞煞去。」

「汝是欲講啥？」

「唉……」

阿綢抬起頭睇了幸春一眼，心裡還拂過一念，「這个人就是這咧款，攏袂曉打派，憨直憨直，進福就像伊，有通樂暢就好。」

幸春悶著頭想著三樓頂今年剛進高職的兒子，自己親生兒子怎麼就沒辦法像阿綢的孩子一般認真讀書？

「幸春仔，汝是無看我咧無閒喔，袂通來共我鬥跤手，汝失神失神是咧做啥？」

「喔，欲鬥做啥？」

「看有啥該做就去做啊，敢講愛閣我講一句汝做一項喔？」

「我哪知有啥愛做？」

「那無汝幫我椅仔擦擦咧！」

「喔。」幸春悻悻然的有一搭沒一搭地擦著大理石椅。

半天忙過，阿綢還是沒能感覺幸春的失落，她還兀自高興地說著。

「總算阿月仔嘛做人啊，煞落來就等阿松大學畢業、吃頭路、娶某生子，按呢這兩个攏完成啊！」

幸春一句話都沒說，幽幽的眼神定定望著阿綢，也難怪她要高興，阿月要出嫁是喜事啊！但是她怎麼只想到這兩個孩子，她只有這兩個孩子嗎？他的進福呢？難道不是她的？

「抑無，幸春汝是按怎？我講半晡，汝毋應半聲。」

「我欲應啥？」幸春訕訕地說。

「呃，汝哪會按呢講？敢講阿月仔欲嫁人汝無歡喜？」

「哪會無歡喜？」

「抑無咧？抑是汝想講阿月仔毋是汝的囝？」

「汝講這啥話？我敢是這款人？」

說的也是，阿綢低頭細想，幸春不但對她好，更是將她的兩個孩子疼入心裡，認得的人都是這麼誇幸春，說他這個做後叔的人，做得真是成功沒話說。

可眼前是阿月的大喜日子，幸春已經好幾天沒什麼笑容，他到底怎麼了？

「我知汝嘛是真惜這兩個囝仔，不過這兩日汝攏怪怪……」

「我怪怪？翁某做遮久，我心肝是按怎想的，汝敢有要緊？」幸春心頭湧起小小不滿，但他不想在阿月出嫁前夕給阿綢製造困擾，「是講嘛無按怎，汝莫黑白想。」

「喔。」阿綢還真是沒想到其他的呢。

幸春怔怔看了阿綢半天，他心裡的不舒坦恐怕阿綢這陣子是不會有心神留意的，或者她一直都不曾留意過？

屋子裡四處都是貼著紅紙的禮品，幸春目光每落一次在一件禮品上，心門就像被炙熱火鉗燒灼得無比刺痛。他不想再待在這屋子裡，他想出去透透氣，站起身幸春就向外踅去，「我出去行行咧。」

「嗄？要去佗位行行？」阿綢吃驚問著。

「四界趖一下啦！」

「卡早轉來，稍等一下就欲呷暗頓啊。」

「好啦！」

幸春的背影都已經消失，阿綢還愣著看了半天，這个男人她倚靠了大半輩子，他的好她是知道的。

過去阿綢從來也沒想過，這時望著幸春那一面牆似的背影，遠遠移去，幽幽邈邈。突然之間，她覺得自己好像不怎麼瞭解幸春，就拿最近來說好了，他想些什麼，她還真是不清楚呢！

◆

那一年阿月的阿爸過身，她一個女人家為了生活，帶著阿月和阿松姊弟兩人在路邊擺攤賣點雜貨。就是因為幸春來買物件，兩人才會相識。

剛開始幸春只是注意到這個小攤販怎麼都沒男人幫忙。每天一早幸春上班經過菜市場，就看著這個身材嬌小的女人，牽一個揹一個，接著就是三個母子一起忙著擺攤。有幾次下班時，又遇上這女人剛要收攤，還是那孤零零母子三人，幸春看著看著就生出幾分同情。這以後，幸春三不五時會去買一些小東西，也不管買回去有用沒用，就往廚下堆。

因為老是買些用不到的物品回家，幸春伊阿娘還因此心裡不怎麼爽快。

「買買遮無路用的物件，汝是錢濟啊？」

「阿母，這嘛無值得幾兩銀，咱買轉來雖然暫時無啥用，但是至少幫人一个忙。」

「伊是你誰人？你愛共伊鬥跤手？」

「阿娘，伊一个查某女人，無翁通靠閣愛飼兩个子，我是可憐伊。」

「無翁閣愛飼子，你可憐伊？那按呢誰人來可憐我？」

幸春這才突然想起他老母也是早年守寡，辛辛苦苦把他拉拔長大，那年頭又逢上二戰空襲，家家挨餓的時候多，親戚們都自顧不暇了，哪還有閒工夫來顧他們孤兒寡母的。

幸春伊阿娘要是想起帶了個不到十歲的孩子徒步往山裡躲空襲，沒東西讓孩子吃，眼淚就汪汪地流。可流過了，擦乾了，還是得撿些蕃薯、野菜給孩子吃，為的就是為夫家留個後啊！

那時幸春年紀雖然還小，阿娘待他的好，他都牢牢記在心裡，只是現在只顧得要關心別人，卻就忘記要顧及娘親的心情。

「阿娘，我知啦，知汝為我食真濟苦，我攏會記得，毋放袂記啦。」

他阿娘一聽他沒忘，原來生氣的表情舒緩下來，咧了嘴笑，「攏會記得，毋放袂記？」

「是啦，一世人攏袂放袂記。」

彼時幸春已經將近四十的年紀，和他阿娘相依為命近三十年，盡心做一個孝子，親事看來看去，只要伊阿娘不中意，幸春就向媒婆回絕，一年年下來也就一直沒討房媳婦進門。

遇見阿綢的時候，不知怎的，幸春心裡怦怦然的情形是以往所沒有的。他偶爾會有個念頭跑出來，如果能夠，真想好好照顧阿綢三個母子。有了阿綢三母子，阿娘也可以有人伺候，家裡也多了人氣，就會熱鬧一些。

幸春去阿綢攤位的次數一多，兩人自然就熟識，這才發現其實兩人住處相隔不遠。

那是一回幸春下班走在路上，正巧遇見阿綢推著手推車，阿月坐在推車裡面，阿松是趴在阿綢背上睡著正熟，口角的涎沫牽絲地蔓延到下頷。

「收攤了啊？」幸春先開口打招呼。

「是啊，汝下班喔！」

尋常的招呼後，是一陣夏日無風熱氣窒得人不知如何是好，兩個人都不知該再說些什麼，天邊一抹紅霞宛如是替他們先紅了臉，再把他們拽在地上。

拖在地上的影子一路都是平行，走了好一段路，兩人不禁詫異，怎麼都一直同路，這才想起要問對方，卻是不約而同的開了口。

「汝是蹛佇打鐵店？」幸春問阿綢。

「汝是蹛佇……」阿綢問到一半，聽到幸春說到打鐵店，心頭恍然大悟，「汝嘛是蹛佇打鐵店？」

「哪遮拄仔好。」

「是啊，毋閣我是蹛佇庄仔外，倚佇墓埔。」阿綢幽幽說著。

「彼咧所在卡黑暗，汝就愛細膩。」

不知怎地，幸春隨口就講出他的關心，阿綢聽了一個男人對她這麼說，那顆心瞬間像是一隻小麻雀，被頑皮小孩投來一顆石子後，驚慌得不停撲拍翅膀，不知如何安住身心。一時間她又不知該回應些什麼，只由得越垂越低的夕陽幫她承受這份羞澀，陪她一路把頭低下去。

「我蹛佇庄仔內……」

「幸春仔，下班啊喔？」

幸春說到一半的話，讓迎面走來的隔壁鄰居阿票嬸給打斷了。

「阿票嬸，汝欲去佗位？」

「我欲來去橋仔頭，阮查某囝伊生啊。」

「美霞生啊，恭喜喔，阿票嬸。」

「啊汝哪會參阿綢做伙行？」阿票嬸不解幸春怎會認識市場邊賣雜貨的阿綢。

「喔，啊……拄仔好順路啦。」

阿票嬸對幸春這個答案顯然有質疑，她邊走邊回頭邊皺眉，怎麼也不明白，幸春到底什麼時候和阿綢認識了，而且好像還蠻熟的，都可以走在一起了。

再後來幸春下班時間如果掂得差不多時候，路上遇見阿綢母子的機會就多了，也會順手幫個小忙。後來阿月看見幸春，少了之前瞪著大黑眼珠生疏迷惑的神情，現在她會靦腆地對著幸春笑笑，有時聽伊阿母的吩咐，也會很羞怯的低低喊聲「幸春叔仔」。阿松呢？也一天天長大，一天天懂得對幸春咧嘴微笑，他熟識的男性長輩就是幸春，對幸春是百分之百的信任，有時還自己就雙手搭上幸春的肩頭，索求幸春抱抱。幸春一日日看著這兩個孩子成長，也一日日越來越疼愛這兩個小孩，宛如自己生養的一般。

在鎮公所上班的幸春，有時會挑選一個星期天，特地撥時間帶阿月和阿松去看電影。

「阿松免去啦！伊看無。」阿綢摸摸阿松的頭。

「阿母，人欲去啦！」不足三歲的阿松根本不清楚電影是什麼東西，他只是知道跟著幸春去玩，絕對是有吃有玩，比起窩在伊阿母攤位旁有趣多了。

「予伊佮阮做伙去嘛，按咧阿月仔嘛卡有伴。」說到阿月有伴這事，阿月也覺得多個弟弟同行，她比較不會感到彆扭，也就替阿松向伊阿母要求。

「阿母，予阿松佮阮去啦，我會共阿松顧好。」

「對啦，我帶伊們兩個姊弟仔出去，汝一个人做生意，沒囝仔踮身軀邊纏跤絆手，卡輕鬆啊！」

就是這點最讓阿綢感到窩心，幸春將她們母子看得如此重要，為了要讓她舒活一點，又會把孩子帶開。這樣的男人絕對會疼妻疼子，比起阿月伊阿爸還在世上時，不定時為了金錢要打要壓的，一定好上好幾百倍。阿綢想法突然竄到這上頭時，自己不禁也臉紅了。

但是阿綢自己心裡也清楚，自己畢竟是死了丈夫，又帶了兩個孩子的女人，誰家娘親會要讓不是在室，又帶著拖油瓶的女人做他家媳婦？她想也不敢想，真能跟著幸春吃穿一輩子。

阿綢只是把幸春對她的好，點點滴滴都記在心頭。

但這樣的事情很快也傳到幸春伊阿娘的耳朵。

「幸春啊，咱庄仔頭的人攏咧講，講你參市仔邊賣雜細的彼个死翁查某咧行，敢有影？」

「阿娘，莫講甲遐歹聽，啥物死翁的查某？伊是阿綢。」

「阿綢？叫甲親呼呼，伊是汝的啥物人？」幸春阿娘不高興幸春和她之外的女人親暱。

「阿娘，我歲頭吃甲三十外外，目一睨就欲四十啊，敢毋免娶某？是欲予咱邱家無後嗣嗎？」幸春知道他阿娘脾氣，因之拐彎抹角地說，而且說的是傳宗接代這般重要的事。

「邱家哪會當無後嗣？汝是一定愛娶某生子，按呢我死了後才有面去見邱家的祖公仔媽。」幸春阿娘向來是把留後看得比什麼都重要，「是講汝敢著愛娶死翁閣有子的查某？」

「阿娘，我食的頭路一月日薪水嘛無偌濟，媒人婆做過遐濟擺，嘛無一擺做成，這陣我閣有歲啊，敢閣有少年查某囡仔肯嫁我？」

幸春這話倒是實情，自他二十七、八歲開始，就陸續有媒人來作親，但若不是幸春伊阿娘嫌女方模樣差或沒內在，就是人家女方覺得幸春的寡母不好伺候。這一拖，又是生肖一輪了。

「是遐的查某囡仔無眼光，毋知汝是寶，袂曉要把握。」

「阿娘，所以嘛著有人肯綴我食穿……」

往常是幸春也沒看中意的女孩，婚事也就一直懸而未決，日子將就過著便是了。但是認識阿綢這一、兩年來，他是一天比一天在意阿綢的一切，將她娶進門也是早有打算，只是不知如何向伊阿娘說起。既然阿娘主動問起，幸春就抱定決心，要一次把話說清楚。

「阿娘，這……敢毋是緣份咧？」

「緣份？」

俗話說有緣才會在一起，幸春伊阿娘也不敢否認這長久以來的說法，然而讓幸春阿娘心裡計較的是，阿綢是個寡婦又帶著兩個孩子，再怎麼說總是伊的幸春吃虧了點。還好後來老人家再想想，幸春的話也是不無道理，年輕女孩一看他家無恆產，又是上有寡母，而且現在的幸春不比十年前年輕，人家怕是避之唯恐不及，怎會願意來捧他邱家這個飯碗？再說是伊的幸春對阿綢有意思，伊這個做人家阿娘的，再反對是不是也會落人話柄，說伊綁住兒子，害得幸春得做一世人羅漢腳。

「我是猶毋對阿綢講起這項代誌，毋閣我相信伊是肯入內咱厝綴咱作伙食穿。」

「綴咱食穿？彼个阿綢若入內咱厝就是三支嘴呢，幸春哪，汝敢毋驚予伊們母仔子吃倒去？」

「阿娘，古早人毋是講『有量就有福』？阿綢若入內咱厝，伊的子就是我的子，敢愛閣按呢計較？」

「汝薪水才偌濟，公所敢會因為厝內加人食穿薪水就加寡？」

「阿娘，人講『一枝草一點露』，自然是有伊們三母仔子的糧草，汝免驚，咱原本的生活袂受影響。」

幸春伊阿娘那關，磨磨蹭蹭的也勉強過了關，阿綢帶著阿月和阿松就入了幸春的戶籍。幸春伊阿娘雖然是同意這親事，但是在阿綢入了他家門之後，做婆婆的三不五時還是會找找阿綢的麻煩。

「汝目睭是有咧存我麼？」幸春伊阿娘氣呼呼的對著洗衣服的阿綢質問。

「阿娘，是我啥物所在做毋對，汝共我講，我就會改，會做予對。」阿綢站起身回應。

「改？欲按怎改？」幸春阿娘搖著她一雙小腳，扭向東幾步再踅了回來，「汝就已經先洗恁子的衫囉，是欲按怎改？」

原來幸春伊阿娘計較的是，阿綢先洗了孩子的衣服，反而是她這個家裡最年長的阿嬤衣服還在木桶裡，像當年那些等著被領回去的配給。

阿綢低頭看看木桶，她單純只是想到孩子的制服是白色的，又小小一件，她先洗了，回頭再來洗幸春阿娘的黑色唐衫褲，沒想到這樣就犯了大忌。

「阿娘，我是想講……」

「免啥想啦，這擺我忍汝，後擺汝愛知影我序大，我的衫仔褲愛先洗，知麼？」

幸春阿娘講完就扭擺著進屋裡，阿綢被罵得有點冤枉，她是看在幸春對她好，再想到既然是進了幸春家門，幸春的阿娘就是她的阿娘，忍著被挑剔也還是得盡個做媳婦的本份。

阿綢也是一個靈巧女人，這一向做慣了的生意，她仍然繼續做著，多少也賺些錢補貼家裡，免得幸春因為多了他們三個母子，肩頭壓得一天比一天沉。

阿月和阿松一年年大，書也讀得好，小學國中都是第一名畢業。阿月國中快畢業時，阿綢就先向她明說了。

「查某囡仔人毋免讀偌濟冊，後擺嘛是愛嫁翁。」

阿月明白她阿母是要她在家幫忙做生意，順便也照顧小弟進福。但是阿月程度好，而且自己也想再讀高中，甚至將來還想讀大學，她自己是不敢開口向她阿母爭取，是幸春這個旁觀者看出阿月的想法，為支持她繼續讀書，幸春代替阿月向阿綢遊說。

「這馬的時代佮咱卡早無仝，愛予阿月仔繼續閣讀高等學校才對。」

「讀高等學校，後擺敢一定賺卡濟，嫁卡好？」

「後擺的代誌誰會知？遐攏後擺再閣講。」

「啥物後擺再閣講？現前讀冊就愛開錢，錢若予阿月仔用去讀高中，那按呢阿松欲讀高中的時，錢要按佗位來？」

「錢的代誌攏好打算，阿月仔想欲讀，咱做人父母的人就愛予伊讀，伊是我的查某囡，我當然嘛愛栽培伊啊。」

幸春這些話讓阿綢和阿月母女倆感激涕澪，做女兒的阿月，是感激繼父視她如己出，且沒有性別歧視；當母親的阿綢，是感激老天讓她跟對了人，感激幸春真心對待她的孩子。

這一輩子有什麼比這樣更幸福？

幸春和阿綢三個母子共同生活之後，不是已經營造了一個幸福美滿的家庭嗎？幸春不是應該感到滿足了？尤其是阿綢幫他生下一個兒子之後，他的人生應該從此了無憾事，真真正正的幸福不是嗎？

幸春和他親生兒子兩人的名字合起來就是要求得一家幸福。那麼，幸春在邱家血脈有了傳承之後，不是該感覺幸福了？

幸春是過了四十才算真正當了父親，他當然是疼愛那個出自自己血脈的兒，而幸春那過了花甲多年的娘，在自覺對邱家祖先能有交代，她更是樂得含飴弄孫疼愛她真正的孫子。

在這之前兩年，甚至再早一點，阿綢還沒跟定幸春，也還沒決定捧他家這飯碗前，幸春能疼的只是阿綢的兩個孩子。後來他堅持將阿綢娶進門，連帶也領養了阿月和阿松兩姊弟。幸春那時只是在疼阿月、阿松兩姊弟時，也讓自己過過想像的父親的癮，他完全沒懷抱能擁有自己親生子女的希望。

到底是幸春做人好，老天有眼，阿綢入他家門的隔年，就幫他生下一個兒子。

「恭喜喔，查埔呢！」產婆探頭出房門對著神情緊張的幸春母子說，隨後人影又消失在門扇之後。

「真咧喔？真好真好！」幸春高興得雙手不斷搓揉。

「我干焦聽遐哭聲就知影是查埔囝仔！」幸春阿娘微微一笑。

「阿娘汝哪聽會出來是查埔囝仔聲？」

「聽嬰仔哇哇一聲一聲哭甲遐有元氣就知影，天腳下干焦汝這個憨老爸聽袂出來！」

「呵呵……」幸春眉開眼笑的直在房門口走來走去，雙手怎麼擺都不對，他阿娘看了真覺得好笑，「幸春仔，汝來坐咧，稍等一咧，產婆就會抱囝仔出來予汝看。」

「阿娘，汝有歡喜麼？」

「有啦，歡喜啦！」

「阿娘，阿綢幫我生一個後生啊呢！」

「我知啦！」

幸春親生兒子的名字，就是在伊阿娘做主下取的。

「幸春啊，汝食甲四十過了才做老爸，這是天公疼好人，這個囝仔是生來欲致蔭汝的，咱就來甲號做『進福』，甲福氣攏帶來咱兜。」

「進福，進福，參我的名唸起來就有『幸福』啊呢，真好真好。」

幸春伊母子，阿綢母子，大家都對新生的進福看好未來，也都喜歡整天「進福、進福」的喊著，彷彿這麼一叫，全天下所有的好運和福氣都會帶進這個家裡。

阿月考上女中的時候，進福虛歲五歲，幸春就不時對他耳提面命一番。

「進福仔，汝明年就欲讀冊啊，愛像阿姊按呢賢讀喔！」

「嗯。」進福點點頭的模樣，讓幸春感到安慰，他期待他的親生兒出人頭地。

後來進福進了國小，書讀得也還差強人意，雖然沒能像阿松那樣都拿第一名，但也不致落到殿後的地步。

不過幸春看了這情形還是難掩失望。

幸春多麼希望他的親骨肉也能有阿松那種天份，和那種努力認真的讀書態度。說到阿松的認真，真是教人心疼不捨，有好幾回幸春半夜尿急起來，都還看到阿松房裡亮著燈在讀書。

「阿松仔，直欲兩點啊，好去睏哪，哪無明仔載爬袂起來喔！」

「好啦，我隨來睏，阿爸汝明仔載愛叫我起床喔，阮明仔載月考。」

「喔，好，那按呢汝緊睏，明仔載考試才袂精神無好。」

認真讀書的阿松，幸春也是疼在心裡，可他最深的盼望，還是他的進福全心放在功課上。

「進福仔，汝就愛打拚讀冊，無恁哥哥遐賢，嘛愛有哥哥的一半。」

「嗯。」

面對幸春的叮嚀，進福點頭如搗蒜的模樣沒有絲毫敷衍，看在幸春眼裡自然安心許多。然而一年年過去，進福坐在桌前讀書的時間，沒有比他花在打球、嬉戲上的多，幸春對進福那份期望越來越像鏽蝕的鐵圈，怕是不禁捏，一捏便要碎成屑了。

可他要多唸進福兩句，阿綢就也多說他幾句。

「進福仔嘛是乖乖的囝仔，汝哪愛定定唸伊？」

「伊乖？汝無看伊讀甲遐啥冊？敢有阿松的一半？」

「伊佮阿松欲按怎比？阿松是讀甲三更半暝猶毋睏，咱就愛閣煩惱伊的睏眠無夠，進福毋免予咱煩惱這呢！」

不知怎的，阿綢說這話時，幸春總覺得她不是抱怨半夜還要起床催阿松睡覺，她那含帶笑意的眼神，分明是以有個認真讀書到廢寢忘食的兒子為榮。想到這兒，幸春就不免心生幾分惆悵，到底在阿綢心裡，她不期許進福要讀得像阿松那樣，是沒把進福看得像阿松那樣優秀？還是她真的寵進福寵到進福怎樣都無所謂？

可是在幸春的心裡，他是記著古人的教訓「玉不琢不成器」，他要他的進福是塊能琢成器的玉啊！

進福在安逸的環境裡，日子得過且過，國中三年，成績一年比一年差，平常只顧著養鴿子和打球。幸春若是阻擋著不讓進福做這些事，阿綢就挺身出來護著進福，幸春最後只有無奈的任其發展了。

阿月這門親事談成的時候，正是進福要考高中。幸春原還在心底抱存一絲絲微弱希望，他祈禱著能託阿月婚事的喜氣，讓進福考運亨通，不需考上雄中，只要能考上岡山高中，他就心滿意足，就要感謝神明祖先，和他那過世剛滿三年的親娘的保佑。

那一段日子，幸春懷抱希望，日日都是春風滿面，不知情的人都以為他是因為阿月的婚事高興。

「幸春仔，阿月仔做人啊，恁厝要辦喜事啊，汝歡喜喔！」

「是啦是啦，阮進福仔嘛考高中啊！」

「喔，進福考高中，遮緊喔？」

那些人全然沒感受到，幸春臉上所流露的是為人父對兒子期待的喜悅。他們完全不瞭解，不瞭解幸春在栽培阿月和阿松之後，他也想好好栽培自己的血脈，他也想他自己的兒子能經常考到第一名，他也想他自己的兒子將來能考上國立大學，他更想他將來所有的榮耀，都是那個流著他的血液，真正他的兒子所帶給他的。

幸春從家裡出來之後，想到明天出嫁的阿月，想到認真的阿松，再想到樓頂上不長進的兒子，整顆心七翻八攪，直要透不過氣來，踅著踅著，乾脆就踅進麵攤去了。

「頭家，米酒頭仔來一罐，豆干切一盤。」

這晚，阿月和阿松兩姊弟找得焦頭爛額，直到月兒高掛中天時，才在公路旁找到醉得不醒人事的幸春。

——本文於二〇一〇年二月十八至廿日刊載於《金門日報》副刊

母親的心願

母親又搬回老家，應該能隨順她的心願。

五月伊始，許多團體組織熱熱鬧鬧舉辦慶祝母親節的活動，於是帶著母親去一個宗教團體舉辦的園遊會。南部的天空陽光熾烈，我們緩緩走在廣場上，母親窸窣叨唸著，「日頭遮炎，曝甲人無愛出來。」

母親這樣的抱怨，聽得出來不是有口無心，因為她臉上也少了早幾年出遊時會顯現的雀躍。母親只是待在屋子裡太久，才會答應出來逛逛園遊會，要不，她其實不熱衷宗教活動或喧嚷的園遊會，她比較喜歡遊山玩水。

「人我卡早家己住，欲去佗位攏足自由，今嘛住踮這个無人熟識的所在，無老朋友嘛無老厝邊，人攏關甲憨去啊！」自從母親被兒孫接去同住，她就常會如此埋怨。

「汝就遮濟歲啊，家己一个人住危險。」

「哪有啥危險？咱老厝的厝邊大家攏嘛會鬥相共。」

「按呢麻煩人做啥？汝家己有子有孫。」

「啊恁不知啦！」

也許我們晚輩真的無法瞭解母親的心思，然而母親可曾明瞭為人子女的心情？

母親始終懸念她一輩子不曾離開的文化城，島內每一個女兒居住的城市，她都能挑出缺點，不是北部的車多擁擠人情味淡薄，就是南部的氣溫過高無處可去。母親的心緒我們每個子女都瞭然於心，然而她畢竟年歲已大，子女又都各有家庭與工作，讓她一個八十好幾的老人獨居，誰能放心？

「無法度啊，每一个人攏有家己的工作，無人會當搬去臺中佮汝住，汝年歲遮濟，袂使家己一个住，參後生住做伙上好。」女兒們輪流說過這樣的話。

「恁隨人做恁，我家己住好勢好勢，誰講袂當家己住？」

「汝遮濟歲啊。」

「我猶會行會走。」

母親是不是還想著她一向身強體壯？還是她從不認為自己已經老得要依附別人才能生存？

然而母親開始在衰老是不爭的事實，現在的她滿口假牙，太過堅硬的食物無法接受；她骨質疏鬆情形嚴重，個子一年年縮小；她的眼睛動過白內障手術，又罹患了青光眼；最主要是她的記憶力也在衰退中，或許有一天她出去便迷失了回家的方向。

喜歡獨居的母親仍會盼著子女有人備車載她四處遊山玩水，只是人人都有卸除不下的日常工作，假日去看她，大家一致的說法是，「汝就乖乖踮厝內，若無，去邊仔這咧學校行行咧嘛仝款！」

這樣建議母親，或許大家都抱持一個鄉愿的想法，只在住家附近踅踅最安全保險，母親應當不會迷路才是。

想起來真教人唏噓，不過才幾年光景，母親就衰敗了下來，這兩年春季一到，母親也不曾再提起她想賞花的事了。

早幾年每到暮春若回去看她，母親總是有意無意提起，「看汝啥時陣有閒，咱來去西湖渡假村遊一咧，遐的油桐花真媠，新聞講遐若像是五月落的雪。」母親這麼說時，還繪聲繪影教人真想把桐花身影納入眼簾，可是說出口的回答卻是，「看覓咧，我喬看有時間麼？」

那時那樣的回答，真的是會認真安排和母親出遊嗎？其實我心裡極是清楚，和喜歡雜雜碎碎叨唸的母親同遊，很容易就疲累，或許潛意識裡正抗拒著吧？母親也許也約略感覺到那一絲絲潛藏的應付意味，她的神色會在說完後的剎那間黯然了下來，那委屈模樣一如吵嚷的小孩無法滿足訴求。

沒多久，母親也像小孩那樣很快忘記，又興致勃勃說著她和朋友去西湖渡假村的趣味。

「頂擺我佮劉媽媽坐阿火伯的車去西湖渡假村呢！人阿火伯攏會載阮去。」母親最後那句有點像小孩炫耀那般。

「按呢麻煩人敢好？」

「哪有麻煩？阮老朋友作伙去耍，趣味嘛！」

「有啥趣味？攏是老人。」

母親說趣味，可只要想到每個都是七十好幾的老人，一車的人加起來好幾百歲，就全身乏力，他們這樣遊玩真能有什麼趣味？

「老人就袂當𨑨迌喔？」母親回應的表情如同叛逆青少年，彷彿要挑戰父母容忍的最大極限。

我沒作聲，只是有點不喜歡母親只談論遊玩的事。但再一細想，或許就是因為和老友同遊才顯出趣味，又或許是那難得出遊的趣味讓母親念念不忘，所以她才會掩不住興奮的一再提起。

幾時開始母親也從熱衷遊玩，並從中尋到趣味？

想起以前，姊妹們若想出門，母親總以各種說詞企圖讓女兒們打消念頭，更有甚者，乾脆祭出禁制令，不許就是不許。

若跟母親說是去看場電影，她的回答千篇一律，「電影敢會黏佇咧目睭？」

讓母親這樣一說、一阻撓，原有欣賞電影的興致瞬間便瓦解，再吸引人的影片都變得曖昧勉強。明明是可以調劑身心的電影欣賞，怎會引不起母親的興趣，那時她也不過是中年。

因為不被認同所以總會埋怨，姊妹們一致認為母親完全不懂年輕人的生活趣味，更是不懂在一成不變的生活中，該要有合宜的休閒娛樂來點綴，並且抒發情緒。

可母親總是以她的觀點看事，「厝內就有電視，看電視毋是仝款？」

「哪有仝款？電視是電視，電影是電影。」

「電視毋是嘛有影片？」

「遐嘛毋是電影。」

「恁愛看的彼種啥……『虎膽妙算』、『步步驚魂』的美國片，遐毋是電影？」

母親只知道我們看的那些影集是以英語發音，便將英國發行的「步步驚魂」也歸類在美國片，她根本不清楚這個世界除了美國之外，還有好幾個國家也是以英語為主要溝通語言。而且影集和電影相差十萬八千里，母親竟然籠統歸成一類。和母親討論這些不但無趣，還真是雞同鴨講。

姊妹們的觀點和母親的始終有差異，常常會因為看法的兩極，弄得雙方不甚愉快。母親習慣叨叨絮絮唸上大半天，從她一早天濛濛灰起身作務開始說起，怎樣的為這個家操勞，怎樣的為她的孩子張羅一切，我們又怎麼的不知開源節流，放著家裡現成的電視不看，偏要花錢去看電影，反反覆覆都是這些。就這樣很容易僵在不愉快的氣氛裡，我們掉落在心裡一股繃緊的情緒裡，其實都有話想說，卻又都選擇不說出口，因為那些都不是我等姊妹請求母親去做的，可母親所陳述的辛苦卻又是真實不虛的。

經常，被母親這麼一叨唸，再高昂的興致也都會彷彿被母親的唾沫腐蝕一般，在那之後一滴一點的消散，最後只好再把自己關回房裡裡。只要我們不出門，母親似乎就安心，自然就停止了叨唸。

母親究竟是那隻張開雙翅護著牠的雞仔的母雞，因為不放心牠翅羽外的世界，害怕隨時發生不可預測的危險傷害牠的雞仔？還是另有其他原因？

悶在家裡一久，還是需要出外透氣，若說要和同學去逛街，母親無法以電影黏在眼睛的說詞回應，竟變成是說：「干焦知影耍？」

純粹只是走走逛逛，換個地方透個氣，母親卻將之視為遊玩，真令人氣結。

「毋是去耍，踅街爾爾。」

「迺街免開錢嗎？」

「抑無欲買啥，哪著開錢？踅街爾爾。」

「踅街毋是耍嗎？」

其實是偶爾才出去一回，可是在母親眼裡，只要假日出門便是「玩」。玩，在母親的認知裡是不足取的，玩是浪費時間、精神、生命，最重要的是玩還會花費金錢。多年來母親掌理一個家，七口人食指浩繁，對於金錢的用度極是用心的掂著，可說是到了錙銖必較的地步。在母親極盡所能的攢存每一分錢之後，才能擁有屬於我們自家的房產，「好天愛存雨來糧」是那許多年裡母親不時掛在嘴上的俗諺。

母親很少直接明白斬釘截鐵禁止我們出門，她總是說一些讓人聽來很不悅耳的話。

「出去一擺愛開偌濟恁敢知？」

「出門青彩一個食的咻的哪免開錢？」

「袂開錢的啦！」

「唉唷，媽……」

「恁喔，古早人說『勤有功、戲無益』，恁敢毋知？」

那些年母親說過的這些話，光是聽都聽得純熟了。後來對母親說些不認同她和其他老人常出遊的話，該不會是潛意識裡對那些往事的反叛吧？

可不可能年輕時的母親純粹是因為無法陪我們出去，所以她擔心？

那麼母親年老後對於她和老朋友出遊，我們也是因為沒能陪在母親的身邊，所以不太放心的吧？

關心的話以前不曾聽母親說過，現在要叫我們自己說，還真是不習慣出口，依樣畫葫蘆，也就用著從前母親的那一套，拐著彎說話。

「莫定定坐人的車四界去啦。」

「人是阿火伯招我　劉媽媽作伙去的。」

「人招就去，逷愛耍。」

「老歲仔人毋耍欲做啥？」

「踮厝內看電視就好。」

「電視無好看。」

電視不好看？母親說電視不好看的樣子，好像她孫兒三、兩歲時說的話，看了不禁讓人想笑。電視果真不好看，母親每天待在電視機前的時間，還會長達七、八個小時嗎？

好像是所有的子女都各自成家離去之後，母親生活中唯一的伴侶就是電視。偶爾回去，或是母親到每一個孩子家中小住時，我們都發現一個現象，每天早上從吃早餐前母親就扭開電視，看到約莫九點，她會出門就近走走運動一下，中午十二點準時打開電視，這一看可就忙碌了，民視和三立兩臺互換，沒把重播的連續劇看完絕不罷休。有時看她明明是累了，一雙橘皮般的眼皮，就快垮下來覆在眼睛上了，她還能憑靠一股意志力，強將鬆弛的眼皮撐出一條細縫，守著電視。

「愛睏就去睏，莫閣看啊。」

「猶未演完。」

「昨暗毋是看過啊？」

「有的無看到。」

母親總是兩齣連續劇都要看，一臺廣告，她趕緊切換到另一臺，但總有漏失的部分，可她午間重播時段，還是一樣守著兩臺，這怎可能好好看清楚一齣的內容？

「汝按呢換來換去，當然有的會看袂到，專心看一臺就好。」

「按呢就看袂到另外彼齣啊！」

「看一齣就好啊！」

「兩齣攏真好看。」

「敢真的好看？」

「恁莫共人管啦，人就欲按呢看嘛！」這時的母親像極了耍賴的三歲娃。

總要過了午後兩點半，母親才會心滿意足的按下電視遙控器那小小電源鍵，關了電視，她這才會心滿意足的離開座椅上床去小憩片刻。

母親的作息向來規律，完全沒變化的步調，一如四季去了又來，循環再循環。午睡醒來，母親又是一次四處走走晃晃的活動時間，時間她總是掐得很準，天一黑就要回家，一過六點，飯菜全擺上客廳桌子，又扭開電視機，就這麼端著飯碗配電視吃晚餐，彷彿少了電視這一道下飯菜，就會食之無味了。

不論是在子女的家，或在她獨居的老家，母親完全占住電視，別人若想看別臺，母親必像護衛什麼似的。

「莫共人換臺，彼款節目無好看。」

「電視攏汝占條咧，規日攏汝咧看。」向她抗議她仍有說詞，而這說詞真讓人拿她沒轍。

「我才看一點點，等咧看煞就換恁看嘛！」

等母親看完她喜歡看的連續劇，已經十點，這之間若有我們想看的節目也已經播放完畢，還能看什麼？

都已經是這般順著母親的意，電視是屬於她專有附屬品，她還是有意無意的透露生活無趣。

「規日攏共我關佇厝內底。」

「啥物叫做共汝關佇厝內底？汝逐早起參下晡毋是攏有出去行行咧？」

「遐是運動，抑毋是去耍。」

「有出去就好啊！」

「無仝款啦！」

「佗位無仝？」

「我是講看會當坐車去佗位四界耍彼種啦？」母親小心翼翼說著，像索討糖吃又怕挨罵的小孩。

「七十幾歲的老人莫干焦想欲四界去耍。」

「無是欲共我關予憨喔？」母親說得可憐兮兮，好像她待在屋裡是被迫的。

母親是害怕癡呆症上身嗎？一直如此精神奕奕的母親會失智嗎？什麼時候她該回診她記得比誰都清楚，所有子女和孫兒的生日也都記得，而且還是國曆農曆兩種都記得，她還會癡呆嗎？

我從不曾想像萬一母親罹患了阿茲海默症，那會是怎樣的情形？母親會慢慢失智，慢慢遺忘很多從前的事。

與其這樣，我倒寧願母親三兩天就翻說從前一次，偶爾吵一吵、番一番。

「咱敢欲來去佗位耍？」

「汝毋是定定佮恁同學出去？」

「哪有定定？」

「定定聽汝講阿火伯載恁去佗位閣去佗位，按呢毋是定定？」

「哪有定定，人阿火伯嘛有伊的代誌，哪有通好閒閒定定載阮大家去迌迌？」

「對啊，所以毋通定定欲予人載。」

「那無，恁誰欲載我去耍？」

玩？

我心裡浮現不認同的想法，七十幾歲的老人，怎麼可以只想玩？

老人不是應該睿智過生活？

更何況早年母親不是最反對我們外出嗎？

「卡早汝毋是攏叫阮莫出去，這馬汝哪會遮愛出去？」

「呃……卡早恁是囡仔，這馬我……無仝……」母親先是說得有點心虛，但話鋒一轉，說得就理直氣壯了，「恁逐個攏踹甲遐遠，敢有人欲專工轉來載我去耍？」

什麼時候母親開始熱衷出遊這件事？而且還是賞花的事，真教人想破頭。

「頂擺阮去西湖渡假村的時陣才三月尾，桐花猶未攏開，干焦看著一寡仔，阿火伯講差不多四月尾五月初，桐花攏會開甲旺旺旺，一蕊一蕊白色的花若是落落來土跤，就親像落雪仝款……」母親兀自陶醉在自己愉悅的聲調中，彷彿已經置身在五月的雪地之中。

五月桐花若雪紛飛，浪漫遊人心緒，那年初次從新聞裡聽到五月雪的報導，便已深深為那滿地桐花之雪著迷，也想有因緣去賞那雪般的花。但是一年年過去，桐花熱鬧飛出獨特美景，已是民眾熟知的踏雪尋芳，每到五月，遊人如織不是一句運用誇飾的文句，是真的引來為數眾多的尋花、尋雪、尋樂事的人潮。

那麼，母親的喜歡去西湖渡假村賞桐花，也是人情之常啊！

其實母親出國旅遊的經驗不少，東瀛賞櫻、賞楓、賞雪都有過，那些景致必然也是美的，何以母親獨對苗栗縣境的桐花鍾情？

「西湖渡假村遐有飯店，有通踹，踹一暝，渡假村內底行行咧，按呢袂穤耍喔！」

「喔。」

「我做囡仔的時陣，恁阿祖足嚴咧，干焦有佮恁阿嬤轉去伊大甲外家，那無，就是佮恁阿祖去後龍仔的舅公兜爾爾，哪有通耍？」母親說起她貧乏的童年，流露出幾分自憐，遂使我想起她童年記憶裡的後龍不就在苗栗縣境？這也就難怪她忒愛苗栗風光。

母親還在往下說：「閣來躲空襲，行到大肚山內兜底，飛機佇頭殼頂飛，阮躲佇林仔內，彼時誰敢想欲耍？」

「空襲嘛，大家攏仝款。」

「光復了後，我就參恁爸爸結婚，開始生恁這五個囡仔，哪有閒工通好去耍？」

母親這樣說彷彿回顧她的一生，卻又避重就輕的略過我們成長後，卸下重擔的她曾經的旅行。

「來啦，咱啥物時陣來去西湖渡假村行行咧，看遐的像雪仝款的桐花，好耍呢。」

聽到母親說真好玩，我偏過頭去，髮頂覆滿白雪的母親，央著出遊，還雀躍著談著那兒的花，更讓我驚訝的是，她竟用了「好耍呢」這個詞，這個該是小孩才會用的詞。

獨居的母親一向不需我們擔憂，一切都自理得很好，生活雖然無趣但也正常作息，偶爾跳針，和老朋友出去遊逛。然而近期，母親央求家人陪同去玩的次數多了，我才豁然明白，原來母親一直是孤寂的，一輩子為家庭操勞的母親不曾有過她的生命寄託，閱讀、書寫、繪畫、歌唱，沒有一種能進入母親的生活，父親往生之後，她甚至連個鬥嘴的伴都沒有。

母親八十歲之前，老朋友們也還不致太老，大家還能經常相約外出。但母親越過八十之後，她的朋友或許衰老得比她還快，相邀出門的次數也就少了。

於是我們都知道母親需要伴，親近的生活的伴。

好不容易說服了母親，結束獨居的生活，與子孫同居一處，日日相見，時時相伴。母親自此沒再提起要去玩的事，尤其是遠在苗栗的西湖渡假村，或許母親早已忘記她曾經盼著要去西湖渡假村住宿，和賞桐花的事呢！

有天去探望母親，她說：「有一日我想到卡早一件佮恁爸爸去迌迌的代誌，感覺遐愛講予汝聽，汝會當寫作故事。」

我突然醒悟，前幾年母親常要邀我去西湖渡假村賞桐花，是為我尋找寫作靈感所想的吧？我竟是粗心略過。只是母親說這話時五月將盡，再也翻飛不出鬧滿山頭的雪白。

後來母親堅持再搬回老家獨居，是突然想起桐花？還是感覺臺中距離西湖渡假村較近，她的老友阿火伯常去，她跟著去的機會較高？

夏日過後很快近了秋，明年南風將起時，無論如何都一定要陪伴母親走一趟花的雪地，聽聽她說當年的故事。

——本文於二〇〇九十一月十五至十七日刊載於《馬祖日報》鄉土文學版

爛菜子的心聲

媽媽，感謝妳為我做了這麼多。

從小，餵我喝奶，幫我換尿布，都要比別人辛苦，現在為了教我自己吃飯，妳不厭其煩，一次又一次的教著。但我總是一再的打翻飯碗，或是飯菜糊了滿頭滿臉，老是讓妳懊惱自己，埋怨自己。但是，媽媽，我不是故意要這樣，我也想學好，卻不知怎麼的，手指都不能控制。

媽媽，對不起呀！

媽媽，妳不要這麼悲哀嘛！

其實，我很喜歡看妳笑吟吟的樣子，很漂亮的。可是，我很少能看到妳的笑容。媽媽，是不是生下我，是妳註定一輩子的淒慘？如果沒有我，妳應該是快樂幸福的吧！是我不好，媽媽，請妳原諒我，我也不應該讓自己活過來的。

媽媽，妳實在不必特別為我做什麼，這是我的命，是不是呢？

常常在沒人的時候，妳抱著我，輕輕嘆著氣：「這攏是命啦！」

其實我很喜歡躺在媽媽的懷裡，又溫暖又舒服。但是只要被姊姊看到，她們都要說妳偏心，老是抱著我。每當妳聽到姊姊這樣抱怨的時候，妳又難過又心疼，對不對？

如果我的人生可以自己去走，不必躲在妳的胳臂裡，不知有多好了？

媽媽，什麼是命？

命，難道不可以自己決定嗎？

為什麼人家都說「一人一款命」，那麼，我這是什麼命？

我依稀記得，我也不知道，怎麼會記得那麼久以前的事。

那時我在妳肚子裡，阿公、阿嬤、爸爸和妳都希望我是男生，我明明是女生，你們為什麼還希望我是男生呢？我很不明白，到底男生和女生有什麼差別？不都是爸爸和妳製造的。當時，我在妳肚子裡抗議，但是妳根本不理會，因為妳根本感覺不到我抗議的情緒。

我在妳肚子裡一直不高興，因為你們大家所期待的孩子不是我。所以我總想著早點脫離妳，那天我一直踢妳、撞妳，妳終於忍受不了，於是爸爸陪妳到醫院去。當醫生把我拉出來，換手給護士阿姨處理時，妳問了一句。

「查埔或是查某？」

醫生伯伯回答是女生之後，妳馬上接著說：「醫生，我無愛住院。等呢，我參囡仔作伙轉去。」

那時候，我不知道妳是失望又生了一個女兒，這是到很久以後我才明白的。

媽媽，我想請問妳，女兒有什麼不好？不過，像我這樣是真的不好啦！

剛生下我的那幾天，妳都不太理我，我醒了肚子餓，妳餵我喝奶時，好像有點不情不願的。有時我沒吃飽，但是除了哭，我又不會表示，而媽媽妳總是一直拍著我的肩，強迫我睡覺。

後來我有一些不對勁，哪裡不對，我是不知道的。但是妳盯著我眼睛看的樣子很著急，妳趕緊告訴爸爸，把我送去了醫院。

在醫院裡亂哄哄的，護士阿姨在我腳底刺著，痛得我哇哇大哭，妳又要搖哄著我，要我不要哭，又要忍受阿嬤的嘮叨。

「抑無發燒，抑無烙屎，雄雄狂狂是欲驚死人啊！」

後來醫生拿了一張檢查表告訴你們，「這孩子黃疸這麼高，怎麼現在才送來，馬上換血拭試看。」

醫生在一旁說要把握時機，妳和爸爸還商量了半天，就因為要花錢。媽媽，是錢比較重要，還是我比較重要？

唉，我又不是男生，有什麼重要的，而且那時阿嬤一直說著：「查某囡仔人，菜籽命。」到底我還是妳心頭的一塊肉，妳還是會捨不得的，妳不管阿嬤說什麼，硬是讓我換了血。關於這點，媽媽，我非常非常謝謝妳。

可能我真的只能像一粒菜籽那樣，如果落在肥沃的土地上，又有足夠水分和陽光時，就能長得茂盛。如果不幸掉在不能生存的地面，只好等著死亡了。我這顆菜籽真的是注定沒有希望的，因為雖然換了血，情形並沒有改善。醫生跟你們說，我的頭腦受傷，以後是一個腦性麻痺的人了。

媽媽，什麼是智障？什麼是憨？為什姊姊和其他小朋友要這樣叫我？

其實每一件事情我都很清楚，我頭殼沒壞呀！你們難道不知道嗎？我只是說不出來，我只是手沒辦法伸直拿好東西，我只是雙腳蜷縮不能走路而已。除了這樣，我和別人都一樣，為什麼有人會用奇怪的眼神看我？

媽媽，妳告訴我呀！

又到底是為什麼，我說不出話來？

其實我有很多話要說，到了喉嚨卻都變成咕嚕咕嚕的聲音。我也有雙手雙腳，為什麼也不能像姊姊那樣自由的使用呢？媽媽，妳能告訴我為什麼嗎？

我不知道我是不是可以埋怨妳？我在醫院裡換了血，又住了兩三天，然後就被你們抱回家。回到家，妳又不會照顧，不，應該說妳沒有盡心照顧我。媽媽，妳是不是真的要我自生自滅？其實這也不能怪妳，我還有兩個姊姊要妳照顧，而且又有一堆家事，妳哪有多餘的心神在我身上？

可我總是妳懷了十個月生下的孩子呀！妳就是有再多的不滿，也敵不過妳是我媽的事實。

那一天妳看我呼吸一直要沒了，也是捨不得的流著淚呀！所以我知道妳是愛我的，因為我也是妳的心頭肉。雖然我不是被妳盼望來的，但突然要沒了心跳，妳也會焦急傷神。然後阿公阿嬤，還有爸爸和妳商量了一陣，決定請一個專門處理這種事的「土公仔」，把我拿去埋了。

媽媽，我看到妳流淚的時候，有了被愛的幸福感覺，但是妳怎不想辦法急救我呢？

媽媽，我那時只是比較虛弱而已，我不是死了呀！我很傷心，也很難過，妳就這樣不要我了。

那個處理我的「土公仔」阿伯是個好人，如果不是他，我大概會在虛空飄浮後又去投胎了。幸虧是他，我才能得到媽媽妳這麼多的照顧疼愛。當「土公仔」阿伯在郊外挖了一個洞，正要將我連著一副薄木板箱子放進去時，他多看了我一眼，突然發現我還有很微弱的脈搏，那時他真的嚇了一跳，明明我是好端端活著的人，怎麼可以埋掉呢？他真是好心，他不是那種拿了錢辦了事來交差的人。就是因為他那個「抱回去看看，若是真的死了，再拿來埋」的心念，我才能眼妳再作母女呀！「土公仔」阿伯真是我的救命大恩人，不過這輩子我不知道該怎麼報答他？

「土公仔」阿伯抱我回去之後，我在他家住了十多天，居然越來越壯，生命力越來越強。「土公仔」阿伯一家人真有愛心，我如果是這家人的孩子，不知道會不會一樣是個腦性麻痺？我那時，甚至現在回想，都會盼望能夠生在那個家庭，作他們的孩子一定很幸福。

唉，我是沒這個福氣的啦！因為我是一粒爛菜籽呀！

媽媽，其實那時我是不甘願，我來到這個世間，你們還沒給我一個名字，就又要我回去飄浮世界，我真的不甘心哪！而且我和妳的母女緣也還沒到盡頭呀！就是因為心頭一個恨，我才又活過來了。當時唯有一個念頭，我就是要當妳的女兒。至於我們之倆間後來的這些糾葛痛苦，事先我並不知道哪！

當「土公仔」通知你們來領我回去時，我看到你們的表情不是失而復得的喜悅，反而是那種無奈的悲悽。天知道，就是因為妳的這一念和我的怨恨，害得我們這一生，注定是要這樣無奈哀怨的過一生，做母女了。

就這樣從那時起，妳就沒好日子過了，阿嬤不只背後說妳，當著面也會給妳臉色看。

「抑毋知做啥失德的代誌，才會生出這个拖累。」

「沒法度生一个後生亦就煞囉，偏偏生一个殘廢。」

媽媽，我真的成了妳的拖累。有了我，妳什麼也不能做，什麼地方也不能去。媽媽，真是對不起，我真是一個大麻煩。

當我看到姊姊她們可以又跑又跳，想說就說，想唱就唱，真是羨慕。剛開始，妳教我說話，我也很認真的要學。但是還沒到舌尖，就卡在喉頭上發出怪聲音。

媽媽，我是不是該要認命了？

媽媽，真的像有些人說的，不必說話的生活比較快樂，是嗎？

可是妳不快樂，我也不快樂啊！我哭的時候，有時妳也跟著哭啊！妳的心酸沒人能夠了解，到底問題是出在哪裡？這個世界好像並不公平，常常一些第一次見面的人，看到妳手上抱著我，總是開口直說：「兒子吧！」

「啊，不是哦，不過長得倒是很像男生耶！」

我後來才慢慢明白，男生才是大家的寶。每當妳聽到這樣的話，總是加深心酸痛苦。我長得像男生，卻不是男生，可悲的是還是個累贅。我多麼希望我也能是個男生，彌補一點妳的傷痛，但這又不是我可以扭轉的，可悲啊！可悲！

媽媽，是我害妳的人生變得悲慘，我不知該怎樣贖罪，才能減輕妳的痛苦。幸好阿姨引導妳拜佛唸經，妳才漸漸平靜一些，漸漸不再怨嘆人生，怨嘆我。現在妳總是說：「欠伊的，總該是愛還，這一世人還盡了，免得伊來生閣再來討。」

媽媽，還不盡了，妳對我的照顧，這一生我絕對沒能力報答妳，我只求早一點脫離這層苦痛。再來的時候，我心中絕對不要有恨，我要成為一個快快樂樂、健健康康的男孩，讓妳的人生總能有笑。

媽媽，妳會希望我來世再是妳的孩子嗎？

——本文於一九九九年二月廿三日刊載於《臺灣時報》副刊

釀小說86　PG1682

迴身
——妍音短篇小說選

作　　者　妍　音
責任編輯　徐佑驊
圖文排版　周政緯
封面設計　王嵩賀

出版策劃　釀出版
製作發行　秀威資訊科技股份有限公司
114 台北市內湖區瑞光路76巷65號1樓
電話：+886-2-2796-3638　傳真：+886-2-2796-1377
服務信箱：service@showwe.com.tw
http://www.showwe.com.tw
郵政劃撥　19563868　戶名：秀威資訊科技股份有限公司
展售門市　國家書店【松江門市】
104 台北市中山區松江路209號1樓
電話：+886-2-2518-0207　傳真：+886-2-2518-0778
網路訂購　秀威網路書店：http://www.bodbooks.com.tw
國家網路書店：http://www.govbooks.com.tw
法律顧問　毛國樑　律師
總 經 銷　聯合發行股份有限公司
231新北市新店區寶橋路235巷6弄6號4F
電話：+886-2-2917-8022　傳真：+886-2-2915-6275

出版日期　2016年11月　BOD一版
定　　價　250元

國家圖書館出版品預行編目

迴身：妍音短篇小說選 / 妍音著. -- 一版. --
臺北市：釀出版, 2016.11
面；　公分. -- (釀小說；86)
BOD版
ISBN 978-986-445-162-3(平裝)

857.63　　105019154

讀者回函卡

感謝您購買本書，為提升服務品質，請填妥以下資料，將讀者回函卡直接寄回或傳真本公司，收到您的寶貴意見後，我們會收藏記錄及檢討，謝謝！

如您需要了解本公司最新出版書目、購書優惠或企劃活動，歡迎您上網查詢或下載相關資料：http:// www.showwe.com.tw

您購買的書名：＿＿＿＿＿＿＿＿＿＿＿＿＿＿＿＿＿＿＿＿

出生日期：＿＿＿＿年＿＿＿＿月＿＿＿＿日

學歷：□高中（含）以下　□大專　□研究所（含）以上

職業：□製造業　□金融業　□資訊業　□軍警　□傳播業　□自由業

□服務業　□公務員　□教職　□學生　□家管　□其它＿＿＿

購書地點：□網路書店　□實體書店　□書展　□郵購　□贈閱　□其他

您從何得知本書的消息？

□網路書店　□實體書店　□網路搜尋　□電子報　□書訊　□雜誌

□傳播媒體　□親友推薦　□網站推薦　□部落格　□其他＿＿＿＿＿

您對本書的評價：（請填代號　1.非常滿意　2.滿意　3.尚可　4.再改進）

封面設計＿＿　版面編排＿＿　內容＿＿　文／譯筆＿＿　價格＿＿

讀完書後您覺得：

□很有收穫　□有收穫　□收穫不多　□沒收穫

對我們的建議：＿＿＿＿＿＿＿＿＿＿＿＿＿＿＿＿＿＿＿＿

請貼
郵票

11466
台北市內湖區瑞光路 76 巷 65 號 1 樓

秀威資訊科技股份有限公司 收

BOD 數位出版事業部

(請沿線對折寄回,謝謝!)

姓　　名:＿＿＿＿＿＿＿＿ 年齡:＿＿＿＿ 性別:□女　□男

郵遞區號:□□□□□

地　　址:＿＿＿＿＿＿＿＿＿＿＿＿＿＿＿＿

聯絡電話:(日)＿＿＿＿＿＿＿＿ (夜)＿＿＿＿＿＿＿＿

E-mail:＿＿＿＿＿＿＿＿＿＿＿＿＿＿＿＿